FELICIDADE CRÔNICA

101 crônicas sobre:
**Curtir a vida • Amor-próprio • Família e outros afetos
Viagens e andanças**

Livros da autora publicados pela **L&PM** EDITORES:

Cartas extraviadas e outros poemas – Poesia
A claridade lá fora – Romance
Coisas da vida – Crônicas
Comigo na livraria – Crônicas
Comigo no cinema – Crônicas
Conversa na sala – Crônicas
Divã – Romance
Doidas e santas – Crônicas
Felicidade crônica – Crônicas
Feliz por nada – Crônicas
Fora de mim – Romance
A graça da coisa – Crônicas
Liberdade crônica – Crônicas
Um lugar na janela – Crônicas de viagem
Um lugar na janela 2 – Crônicas de viagem
Um lugar na janela 3 – Crônicas de viagem
Martha Medeiros: 3 em 1 – Crônicas
Montanha-russa – Crônicas
Noite em claro – Novela
Noite em claro noite adentro – Novela e poesia
Non-stop – Crônicas
Paixão crônica – Crônicas
Poesia reunida – Poesia
Quem diria que viver ia dar nisso – Crônicas
Simples assim – Crônicas
Topless – Crônicas
Trem-bala – Crônicas

Martha Medeiros

101 crônicas sobre:
**Curtir a vida • Amor-próprio • Família e outros afetos
Viagens e andanças**

19ª EDIÇÃO

Texto de acordo com a nova ortografia.

As crônicas deste volume foram anteriormente publicadas nos livros *Geração bivolt, Topless, Trem-bala, Non-stop, Montanha-russa, Coisas da vida, Doidas e santas, Feliz por nada* e *A graça da coisa*.

1ª edição: julho de 2014
19ª edição: abril de 2025

Capa: Marco Cena
Revisão: L&PM Editores

CIP-Brasil. Catalogação na fonte
Sindicato Nacional dos Editores de Livros, RJ

M44f

Medeiros, Martha, 1961-
    Felicidade crônica / Martha Medeiros. – 19. ed. – Porto Alegre, RS: L&PM, 2025.
    256 p. ; 21 cm.

    ISBN 978.85.254.3151-6

    1. Crônica brasileira. I. Título.

14-13680   CDD: 869.98
                                     CDU: 821.134.3(81)-8

© Martha Medeiros, 2014

Todos os direitos desta edição reservados a L&PM Editores
Rua Comendador Coruja, 314, loja 9 – Floresta – 90.220-180
Porto Alegre – RS – Brasil / Fone: 51.3225.5777

Pedidos & Depto. Comercial: vendas@lpm.com.br
Fale conosco: info@lpm.com.br
www.lpm.com.br

Impresso no Brasil
Outono de 2025

Apresentação

No dia 8 de julho de 1994, um domingo, o jornal *Zero Hora*, de Porto Alegre, publicou meu primeiro texto, uma colaboração avulsa, única, sem vínculo. Naquele texto, lembro bem, eu comentava sobre as declarações de algumas atrizes famosas sobre seu desejo de casarem virgens, e a exploração que a mídia andava fazendo disso como uma tendência de comportamento, uma nova moda – vintage, por certo. Hoje penso: o que eu tinha a ver com o assunto? Nada, mas expressei minha opinião a respeito, e por terem chegado à redação algumas cartas elogiosas ao meu posicionamento e ao meu jeito de escrever o jornal me pediu outro texto para o domingo seguinte. E mais outro. E outros tantos. Sem nunca antes ter sido colunista (a não ser por algumas poucas crônicas publicadas na extinta revista *Wonderful*), vi de repente meu nome estampado no alto de uma página: havia conquistado um espaço fixo. Assim, no mais.

Naquela época, eu ainda fazia uns frilas como publicitária, atividade que havia exercido por mais de dez anos como redatora e diretora de criação. Não estava segura de que escrever em jornal fosse me dar o mesmo sustento, mas o que eu nem imaginava aconteceu: os leitores continuaram me acompanhando e fui convidada a escrever não apenas aos domingos, mas às quartas-feiras também.

Tomei gosto pela coisa, desisti de vez da publicidade (à qual sou grata, não foi um tempo desperdiçado) e passei a me dedicar exclusivamente ao meu *home office* – luxo dos luxos.

Animada pela reviravolta profissional da minha vida, passei a me testar em outros gêneros, como a ficção, e acabei lançando um romance chamado *Divã*, que levou meu nome para além das fronteiras do Rio Grande do Sul. Logo, o jornal *O Globo* me convidava para ser colunista também, e aí tudo ficou ainda mais sedimentado. Eu havia alcançado um sonho que nem sei se era meu, mas sei que ainda é o de muitos: viver de escrever.

O fato de tudo ter se dado assim, sem um planejamento prévio e definido, ajudou a formatar meu estilo. Por jamais ter tido o jornalismo como meta, me senti solta e descompromissada no exercício da nova função, o que colaborou para eu escrever textos livres de qualquer cobrança interna, com um frescor natural, sem a cilada de me levar demasiadamente a sério.

Mais adiante, já com algumas coletâneas publicadas e um nome a zelar, desconfio de que me tornei mais "responsável", mas nunca perdi o sentimento de que escrever é, antes de tudo, uma aventura e uma sorte – minhas ideias, tão longe de serem verdades absolutas, encontraram sintonia com as ideias dos leitores, permitindo que refletíssemos juntos sobre o mundo que está aí.

Lá se vão vinte anos, e revendo o que produzi nestas duas últimas décadas, fica evidente a minha inclinação em defender pontos de vista menos estressados, mais condescendentes com o que não temos controle, e também a minha busca por vias simplificadas a fim de não sobrecarregar o cotidiano. As capas das três antologias (*Paixão crônica*, *Felicidade crônica* e *Liberdade crônica*) traduzem esse espírito anárquico diante do que é tão caro a todos nós: justamente a paixão, a felicidade e a liberdade. Temas complexos, difíceis, mas que nem por isso precisam ser tratados com sisudez.

Portanto, depois de selecionar junto com a editora alguns dos textos mais representativos dessa longa experiência (ainda considero uma experiência), é com alegria que comemoro com você o resultado de um trabalho que me estimula a aliviar mais do que pesar e a rir mais do que lamentar – enfim, o resultado da minha insistência crônica em me posicionar a favor do vento.

Martha Medeiros

Sumário

Curtir a vida

Freud em Wall Street 15
A arte de viver 17
Le champagne 19
Os virgens 21
Antes do dia partir 23
Se eu fosse eu 25
A morte devagar 27
Finitude 29
Hedonismo 31
Idade avançada 33
Felicidade realista 35
Desejo que desejes 37
Montanha-russa 39
O novo 41
Faxina geral 43
Vende frango-se 45
Uma vida interessante 47
O que a dança ensina 49
Emoção x adrenalina 51
Espírito aberto 53
100 coisas 56
La gozadera 58
Antes de partir 60

Muito barulho por tudo 62
Um poema filmado.. 65
O isopor e a neve... 67
Competência pra vida.. 69
Eu não preciso de almofada 72
O deus das pequenas coisas... 74
A morte como consolo 77
Nunca imaginei um dia 80
Seu apartamento é feliz? 83
Feliz por nada... 86
Tudo pode dar certo 88
Sons que confortam... 90
Nasci assim, vou morrer assim...................................... 92
Em que esquina dobrei errado?..................................... 94
Diversão de adulto 96
O que a vida oferece.. 98
O que acontece no meio 100
Não parecia eu... 102
Pequenas felicidades 105
Admitir o fracasso... 108
Quando eu estiver louco, se afaste 110
Simples, fácil e comum... 112
O sabor da vida 115
A mesa da cozinha 118

Amor-próprio

A beleza que não se repara... 123
Pais e filhas 125
Elogios 127
A mulher invisível.. 129

O cartão 132
Testes 135
Ela 137
Balançando estruturas 139
Grisalha? Não, obrigada..................................... 142
Os olhos da cara 145
Mulheres na pressão 148
As incríveis Hulk... 151

Família e outros afetos

Vovó é uma uva 157
Verdades e mentiras sobre as mães.................. 160
Parabéns pra você 163
Cordão umbilical 166
O mundo não é maternal 168
Sugestões de presente 170
A sogra do meu marido 172
Nossos velhos 174
Carta ao João Pedro 176
Casa de vó... 178
Pequenas crianças 181
As supermães e as mães normais 184
Precisamos falar sobre tudo 187
A melhor mãe do mundo 190
Educação para o divórcio 193
Carta ao Rafael 196
O clube do filme... 199
Os estranhos do bem 201
Figurinhas... 204
Para Francisco e todos nós 206

Órfãos adultos 208
Os solitários... 210
Minha turma.. 212
Matéria-prima de biografias 214

Viagens e andanças

Viajar para dentro.. 219
Resorts flutuantes... 221
Com vista pra vida 223
Sobre duas rodas 225
Dois ou três beijinhos 227
O calor e o frio dos outros................................ 229
Falta demônio 231
Falhas... 233
Um trago para a rainha.................................... 235
O direito ao sumiço 237
O ônibus mágico.. 239
A garota da estrada.. 241
Atravessando a fronteira do oi 243
Um universo chamado aeroporto..................... 245
A capacidade de se encantar............................ 247
O poder terapêutico da estrada 249
Nós... 252
Os solares.. 254

Curtir a vida

Freud em Wall Street

A felicidade não está concentrada nos pronunciamentos do ministro da Economia, nem na cobertura com quatro suítes anunciada no jornal, nem na concessionária da esquina. A felicidade tampouco está em algum serviço com prefixo 0900, não está em Bali e nem na farmácia que vende antidepressivo sem receita. Essa tal felicidade, mais procurada que bandido de história em quadrinhos e filho desaparecido, não mora em um único endereço. Ela tem uma escova de dentes em cada lugar.

Se não me engano foi Freud quem disse que, assim como um prudente homem de negócios não coloca todo seu capital num único investimento, não se deve esperar toda a satisfação de uma única fonte. Os riscos são altíssimos.

Digamos que seus bens restrinjam-se aos membros da sua família. Um tesouro. Mas, independente de quanto eles valham, não irão sanar as dívidas que seu coração um dia irá cobrar. O amor deles por você, por maior que seja, não será suficiente para pagar o servilismo de uma vida, a dedicação integral, o preço das fantasias não vivenciadas. Seu cônjuge, com o tempo, pode ficar maníaco, repetitivo, sem muito valor de revenda. Os filhos vão bandear-se para outros mercados e precisarão menos de sua auditoria. Família é que nem poupança, o investimento mais seguro que existe, mas fica a sensação de que se está perdendo alguma ótima oportunidade. Invista, pois, na família, mas mantenha outras reservas. Uma profissão, pra começar. Deposite seus melhores neurônios nessa conta e corra atrás da rentabilidade. Uma viagem. Duas. Várias. Retorno garantido, desde que você não invente de voar para zonas de conflitos. Um hobby. Pintura, aeromodelismo, polo aquático, uma horta, origami, criação de orquídeas, voluntariado. Um prazer secreto, cuja senha de acesso só você conheça.

O excedente aplique em livros, discos, cinema, num bom par de tênis, num colchão box spring, em silêncios, luares, conversas, sexo e num computador. Na falta de dinheiro e noções de informática, vale um grosso caderno de pauta. Escreva. Sonhe. Enlouqueça uma hora por semana.

Não espere toda a felicidade de uma única fonte. É Freud ensinando como economizar lamúrias.

Março de 1999

A arte de viver

Uns cantam, uns dançam, outros fazem embaixadas por 24 horas sem deixar a bola cair. Uns são campeões de paraquedismo, uns pintam telas abstratas, outros equilibram pratos na ponta do nariz. Batem ponto nas revistas e na tevê, dando entrevistas.

Quem não tem um talento especial acaba se sentindo um penetra nesta festa onde todos têm tido os seus quinze minutos de Caras. Uns sabem desfilar, outros são chefes de cozinha e há os reis do pagode. Uns pilotam carros, outros apresentam talk shows e volta e meia aparece um novo ilusionista. Como não se sentir descartado neste planeta de tantos destaques? Simples: valorizando nossos pequenos grandes talentos.

Viver é uma arte. A arte de conversar com desconhecidos, por exemplo. De se revelar em poucas palavras para uma pessoa que não sabe nada sobre você, e você nada sobre ela, e estabelecer um contato que seja agradável e frutífero para ambas as partes, evitando silêncios constrangedores ou, pior, o sono.

A arte de ser pontual. Para pouquíssimos. Calcular exatamente o tempo que se chega de um ponto a outro da cidade e ter a capacidade de prever o imprevisto: trânsito mais caótico do que o normal, chuva, falta de lugar para estacionar. Atender um paciente na hora marcada. Decolar no horário previsto. Não entrar atrasado no teatro. Um dom.

A arte de manter uma amizade por anos a fio. Aquele amigo da adolescência que foi morar em outro país. Aquela amiga com quem você se desentendeu por causa de uma bobagem. Aquela turma que já não pensa como você. É uma arte saber onde e quando procurá-los, telefonar nos momentos especiais, esquecer as picuinhas, aceitar seus novos pontos de vista, lembrar e rir juntos do passado. Um talento a ser aprimorado diariamente.

A arte de se isolar. De entrar no próprio íntimo, de buscar ajuda na meditação, de deliberadamente não pertencer a grupo nenhum e fundar uma natureza própria, e ainda assim não ser um ermitão, ser apenas alguém que de tempos em tempos se retira para se reencontrar. Há uma técnica para isso.

A arte de perceber segundas intenções, a arte de se controlar, a arte de fixar prioridades, a arte de saber furar os bloqueios, a arte de não desistir na primeira dificuldade, a arte de não viver uma vida de aparências, a arte de andar desarmado, metafórica e literalmente falando. Cada um de nós mereceria ao menos uma reportagem para homenagear nossos dons mais secretos, aqueles que acontecem bem longe dos holofotes. O dom de viver sem aplausos e sem plateia. O glorioso e secreto dom de vencer os dias.

Dezembro de 1999

Le champagne

Nunca se falou tanto em champanhe, desnecessário explicar por quê. Ele é a vedete desta virada de década, aquele com quem todos adentrarão o ano 2000, até mesmo aqueles que antes entravam com sidra ou com guaraná espumante: desta vez, vai ser na companhia dele, custe o que custar – mesmo.

Outro dia foi publicado no jornal *Zero Hora*, no caderno de gastronomia, um texto de uma tal madame Lilly Bollinger, rainha da região de Champagne, na França, em que ela revelava quais eram, na sua opinião, os momentos em que se tornava imprescindível abrir uma garrafa. Vale a pena reproduzir: "Eu só bebo quando estou feliz e quando estou triste. Às vezes, bebo quando estou sozinha. Quando estou acompanhada, considero obrigatório. Eu me distraio com champanhe quando estou sem fome, e bebo quando estou com fome. Fora isso, nem toco no champanhe, a não ser que esteja com sede".

Adoro este texto. Antes de ser uma apologia ao alcoolismo, é uma lição de savoir-vivre, para ficarmos no idioma da senhora citada. É claro que não dá para beber champanhe como se fosse água mineral, mas dá para a gente beber água mineral como se fosse champanhe. É só uma questão de estado de espírito.

Por que comemorar apenas as datas festivas? Certa vez José Saramago escreveu que não existe dia festivo, nós é que o tornamos festivo por fazê-lo diferente. O gajo é sábio, reconheça.

Para mim, todas as segundas-feiras são festivas pelo simples fato de eu ter sobrevivido ao domingo: champa. Começar a leitura de um livro novo, ver um filme diferente, ganhar um bom disco de jazz: champa. Seu projeto vingou, seu pagamento saiu, seu telefone tocou, sua espinha sumiu, seu amigo chegou: champa. E ninguém mais está enviando para seu correio eletrônico aqueles arquivos que levam vinte minutos para serem abertos: garçom, desça duas dentro de um balde de gelo, s'il vous plaît.

Se não puder ser champanhe, que seja água, cerveja, Mirinda, qualquer coisa que dê a você a sensação de estar comemorando o fato de estar vivo. Mesmo os dias de ressaca merecem um brinde silencioso, pois sofrer também é sintoma de que o coração está batendo. Data marcada para festejar é um rito, não pode bloquear nossa criatividade. Champa no réveillon, mas também nos outros dias do ano. Champa em Paris, mas também na beira da praia. Champa a dois ou pensando em alguém distante. Champa de verdade ou de brincadeirinha, não importa. O que não pode é faltar gás. *Santé!*

Dezembro de 1999

Os virgens

Sou virgem e meu signo é Leão. Sou casada e sou virgem, tenho filhos e sou virgem. Tão virgem quanto você.

Quando falamos em virgindade, logo pensamos em sexo, e a partir do dia que o experimentamos, o mundo parece perder seu mistério maior. Não somos mais virgens – que ilusão de maturidade.

Virgindade é um conceito um tanto mais elástico. Somos virgens antes de voltar sozinhos do colégio pela primeira vez. Somos virgens antes do primeiro gole de vinho. Somos virgens antes de conhecer Nova York. Somos virgens antes do primeiro salário. E podemos já estar transando há anos e permanecermos virgens diante de um novo amor.

Por mais que já tenhamos amado e odiado, por mais que tenhamos sido rejeitados, descartados, seduzidos, conquistados, não há experiência amorosa que se repita, pois são variadas as nossas paixões e diferentes as nossas etapas, e tudo isso nos torna novatos.

As dores, também elas, nos pegam despreparados. A dor de perder um amigo não é a mesma de perder um carro num assalto, que por sua vez não é a mesma de perder a oportunidade de se declarar para alguém, que por outro lado difere da dor de perder o emprego. Somos sempre surpreendidos pelo que ainda não foi vivido.

Mesmo no sexo, somos virgens diante de um novo cheiro, de um novo beijo, de um fetiche ainda não realizado. Se ainda não usamos uma lingerie vermelha, se ainda não fizemos amor dentro do mar, se ainda cultivamos alguns tabus, que espécie de sabe-tudo somos nós? Eu ainda sou virgem da neve, que já vi estática em cima das montanhas, mas nunca vi cair. Sou virgem do Canadá, da Índia, da Polinésia. Sou virgem de helicóptero, Jack Daniels, revólver, análise, transa em elevador, LSD, Harley-Davidson, cirurgia, rafting, show do Neil Young, siso e passeata. A virgindade existencial nos acompanha até o fim dos nossos dias, especialmente no último, pois somos todos castos frente à morte, nossa derradeira experiência inédita. Enquanto ela não chega, é bom aproveitar cada minuto desta nossa inocência frente ao desconhecido, pois é uma aventura tão excitante quanto o sexo e não tem idade pra acontecer.

Abril de 2000

Antes do dia partir

Paulo Mendes Campos, em uma de suas crônicas reunidas no livro *O amor acaba*, diz que devemos nos empenhar em não deixar o dia partir inutilmente. Eu tenho, há anos, isso como lema.

É pieguice, mas antes de dormir, quando o dia que passou está dando o prefixo e saindo do ar, eu penso: o que valeu a pena hoje? Sempre tem alguma coisa. Uma proposta de trabalho. Um telefonema. Um filme. Um corte de cabelo que deu certo. Até uma briga pode ter sido útil, caso tenha iluminado o que andava ermo dentro da gente.

Já para algumas pessoas, ganhar o dia é ganhar mesmo: ganhar um aumento, ganhar na loteria, ganhar um pedido de casamento, ganhar uma licitação, ganhar uma partida. Mas para quem valoriza apenas as megavitórias, sobram centenas de outros dias em que, aparentemente, nada acontece, e geralmente são essas pessoas que vivem dizendo que a vida não é boa, e seguem cultivando sua angústia existencial com carinho e uísque, mesmo já tendo seu superapartamento, sua bela esposa, seu carro do ano e um salário aditivado.

Nas últimas semanas, meus dias foram salvos por detalhes. Uma segunda-feira valeu por um programa de rádio que fez um tributo aos Beatles que me transportou para minha adolescência e me fez querer dividir aquele momento com pessoas que são importantes para mim. Na terça, meu dia não foi em vão porque uma pessoa que amo recebeu um diagnóstico positivo de uma doença que poderia ser mais séria. Na quarta, o dia foi ganho porque o aluno de uma escola me pediu para tirar uma foto com ele. Na quinta, uma amiga que eu não via há meses ligou me convidando para almoçar. Na sexta, o dia não partiu inutilmente só por causa de um cachorro-quente. E assim correm os dias, presenteando a gente com uma música, um crepúsculo, um instante especial que acaba compensando 24 horas banais.

Claro que tem dias que não servem pra nada, dias em que ninguém nos surpreende, o trabalho não rende e as horas arrastam-se melancólicas, sem falar naqueles dias em que tudo dá errado: batemos o carro, perdemos um cliente e o encontro da noite é desmarcado. Pois estou pra dizer que até a tristeza pode tornar um dia especial, só que não ficaremos sabendo disso na hora, e sim lá adiante, naquele lugar chamado futuro, onde tudo se justifica. É muita condescendência com o cotidiano, eu sei, mas não deixar o dia de hoje partir inutilmente é o único meio de a gente aguardar com entusiasmo o dia de amanhã.

Abril de 2000

Se eu fosse eu

Clarice Lispector escreveu uma crônica com o título acima para o Jornal do Brasil, em 1968, em que ela falava sobre a grandeza de entrar no nosso território desconhecido, e o que ela faria, caso ela fosse ela mesma. Como tudo que Clarice escrevia, é uma ideia perturbadora saber que nosso comportamento é condicionado e que nem sempre fazemos o que o nosso eu manda. Se eu fosse eu... puxa, dá até medo.

Se eu fosse eu, reagiria. Diria exatamente o que eu penso e sinto quando alguém me agride sem perceber. Deixaria minhas lágrimas rolarem livremente, não regularia o tom de voz, nem pensaria duas vezes antes de bronquear, mesmo correndo o risco de cometer alguma injustiça, mesmo que mexicanizasse a cena. Reclamaria em vez de perdoar e esquecer, em vez de deixar o tempo passar a fim de que a amizade resista, em vez de sofrer quieta no meu canto.

Se eu fosse eu, não providenciaria almoço nem jantar, comeria quando tivesse fome, dormiria quando tivesse sono, e isso seria lá pelas nove da noite, quando cai minha chave-geral. Acordaria então às cinco, com toda a energia para recepcionar o sol, e caminharia a cidade inteira, até perder o rumo de casa, até encontrar o rumo de dentro.

Se eu fosse eu, riria abertamente do que acho mais graça: pessoas prepotentes, que pensam saber mais do que os outros, e encorajaria os que pensam que sabem pouco, e sabem tanto. Eu faço isso às vezes, mas não faço sempre, então nem sempre sou eu.

    Se eu fosse eu, trocaria todos os meus compromissos profissionais por cinema e livro, livro e cinema. Mas quem os bancaria pra mim? Pensando bem, se eu fosse eu, seria como eu sou: trabalharia, reservando um tempo menor para cinema e livro, livro e cinema, mas pagando-os do meu bolso.

    Se eu fosse eu, não evitaria dizer palavrões, não iria em missa de sétimo dia, não fingiria sentir certas emoções que não sinto, nem fingiria não sentir certas raivas que disfarço, certos soluços que engulo. Se eu fosse eu, precisaria ser sozinha.

    Se eu fosse eu, agiria como gata no cio, diria muito mais sim.

    Se eu fosse eu, falaria muito, muito menos.

    E menos mal que sou eu na maior parte do dia e da noite, que sou eu mesma quando escrevo e choro, quando rio e sonho, quando ofendo e peço perdão. Sou eu mesma quando acerto e erro, e alterno isso no espaço de poucas horas, mal consigo me acompanhar. E ainda bem que nem sempre sou eu. Se eu fosse indecentemente eu, aquele eu que refuta a Bíblia e a primeira comunhão, aquele eu que não organiza sua trajetória e se deixa levar pela intuição, aquele eu que prescinde de qualquer um, de qualquer sim e não, enlouqueceria, eu.

Outubro de 2000

A morte devagar

Morre lentamente quem não troca de ideias, não troca de discurso, evita as próprias contradições.

Morre lentamente quem vira escravo do hábito, repetindo todos os dias o mesmo trajeto e as mesmas compras no supermercado. Quem não troca de marca, não arrisca vestir uma cor nova, não dá papo para quem não conhece.

Morre lentamente quem faz da televisão o seu guru e seu parceiro diário. Muitos não podem comprar um livro ou uma entrada de cinema, porém muitos podem, e ainda assim alienam-se diante de um tubo de imagens que traz informação e entretenimento, mas que não deveria ocupar tanto espaço em uma vida.

Morre lentamente quem evita uma paixão, quem prefere o preto no branco e os pingos nos is a um turbilhão de emoções indomáveis, justamente as que resgatam brilho nos olhos, sorrisos e soluços, coração aos tropeços, sentimentos.

Morre lentamente quem não vira a mesa quando está infeliz no trabalho, quem não arrisca o certo pelo incerto atrás de um sonho, quem não se permite, uma vez na vida, fugir dos conselhos sensatos.

Morre lentamente quem não viaja, quem não lê, quem não ouve música, quem não acha graça de si mesmo.

Morre lentamente quem destrói seu amor-próprio. Pode ser depressão, que é doença séria e requer ajuda profissional. Então fenece a cada dia quem não se deixa ajudar.

Morre lentamente quem não trabalha e quem não estuda, e na maioria das vezes isso não é opção e, sim, destino: então um governo omisso pode matar lentamente uma boa parcela da população.

Morre lentamente quem passa os dias se queixando da má sorte ou da chuva incessante, desistindo de um projeto antes de iniciá-lo, não perguntando sobre um assunto que desconhece e não respondendo quando lhe indagam o que sabe. Morre muita gente lentamente, e esta é a morte mais ingrata e traiçoeira, pois quando ela se aproxima de verdade, aí já estamos muito destreinados para percorrer o pouco tempo restante. Já que não podemos evitar um final repentino, que ao menos evitemos a morte em suaves prestações, lembrando sempre que estar vivo exige um esforço bem maior do que simplesmente respirar.

Novembro de 2000

Finitude

Para muitos, a finitude humana pode ser percebida pelas rugas que se multiplicam a cada ano no espelho, pelo vocabulário que soa inadequado ou pelo simples tique-taque do relógio pendurado na parede da cozinha. A finitude humana pode, ainda, ser detectada pelos filhos que crescem e pelos netos que nascem. A mim, a finitude se apresenta todo santo dia numa parada de ônibus, numa ciclovia, no balcão de um posto de informações. Meu carro passa veloz por uma rua e vejo um homem esperando o transporte que o levará de volta para casa. Um homem qualquer, que eu olho uma única vez e nunca mais tornarei a enxergar. Nunca mais rever é uma pequena morte.

Uma garota passa por mim de bicicleta. Mal tenho tempo de reparar se é morena ou ruiva, se sua mochila é grande ou pequena. Mas foi uma garota percebida pela minha retina, que cruzou minha vista e minha vida por breves segundos, e para nunca mais. Assim como o homem que me atende atrás de um balcão, que fala comigo – fala comigo! –, me sorri e tira minha dúvida, e num instante lhe agradeço e viro as costas, e jamais saberei se ele é um profundo conhecedor da obra de Nietzsche ou um rapaz perturbado pela falta da mãe ou ainda um boçal que nas horas vagas depreda orelhões. Ele existe ou não existe para mim? Não existe.

Finitude eu sinto quando me dou conta da existência de milhões de pessoas que eu jamais irei conhecer, conversar e interagir. De todas as que poderiam me ensinar a ser mais tolerante, de todas as que poderiam me fazer rir, de todas as que eu poderia amar ou desprezar, sofrer por elas, me esforçar por elas, crescer por meio delas. Finitude eu sinto quando cruzo um olhar que não me ficará nem na memória, pois não há tempo para lembranças efêmeras. Uma vez ensinei uma menina, na beira da praia, a reconhecer as letras do seu próprio nome, e já não lembro que nome era este e que menina era aquela. Nem ela de mim sabe nada. Uma cena começa e termina sem continuidade: finitude.

    Neste instante enxergo um senhor debruçado sobre uma sacada, olhando o movimento. Ele espia a vida dos outros, que nunca mais reverá. Eu olho para este singelo voyeur, que daqui a instantes também desaparecerá para sempre da minha atenção. No entanto, um ser humano é o que há de mais rico. Uma vida é o que há de mais original. Surgem e nos atropelam tantas vidas, tantas pessoas para sempre inacessíveis, desperdiçadas nos seus talentos, no seu potencial transformador, na sua capacidade de nos emocionar. A esmagadora maioria delas passa e não fica, são flashes do olhar. Agarremo-nos, pois, às que ficam, permanecem, são reconhecíveis pelo nome e pelo trajeto percorrido em nós. Aproveitemos o material humano que dispomos: família e amigos e amores. Escassos, raros e profundamente necessários.

Dezembro de 2000

Hedonismo

Eu li em um dos livros do Ruy Castro que, melhor do que unir o útil ao agradável, é unir o agradável ao agradável.

Uma ideia carioquíssima. A exaltação do desfrute. Há tempos venho ruminando sobre isso. Conheço muitas pessoas que vão ao cinema, a boates e restaurantes e parecem eternamente insatisfeitas. Até que li uma matéria com a escritora Chantal Thomas na revista República e ela elucidou minhas indagações internas com a seguinte frase: "Na sociedade moderna há muito lazer e pouco prazer".

Lazer e prazer são palavras que rimam e se assemelham no significado, mas não se substituem. É muito mais fácil conquistar o lazer do que o prazer. Lazer é assistir a um show, cuidar de um jardim, ouvir um disco, namorar, bater papo. Lazer é tudo o que não é dever. É uma desopilação. Automaticamente, associamos isso com o prazer: se não estamos trabalhando, estamos nos divertindo. Simplista demais.

Em primeiro lugar, podemos ter muito prazer trabalhando, é só redefinir o que é prazer. O prazer não está em dedicar um tempo programado para o ócio. O prazer é residente. Está dentro de nós, na maneira como a gente se relaciona com o mundo.

Chantal Thomas aborda a ideia de que o turismo, hoje, tem sido mais uma imposição cultural do que um prazer. As pessoas aglomeram-se em filas de museus e fazem reservas com meses de antecedência para jantar no lugar da moda, pouco desfrutando disso tudo. Como ela diz, temos solicitações culturais em demasia. É quase uma obrigação você consumir o que está em evidência. E se é uma obrigação, ainda que ligeiramente inconsciente, não é um prazer.

Complemento dizendo que as pessoas estão fazendo turismo inclusive pelos sentimentos, passando rápido demais pelas experiências amorosas, entre elas o casamento. Queremos provar um pouquinho de tudo, queremos ser felizes mediante uma novidade. O ritmo é determinado pelas tendências de comportamento, que exigem uma apreensão veloz do universo. Calma. O prazer é mais baiano.

O prazer não está em ler uma revista, mas na sensação de estar aprendendo algo. Não está em ver o filme que ganhou o Oscar, mas na emoção que ele pode provocar. Não está em faturar uma garota, mas em conhecê-la de fato. Está em tudo o que fazemos sem atender a pedidos. Está no silêncio, no espírito, está menos na mão única e mais na mão dupla. O prazer está em sentir. Uma obviedade que merece ser resgatada antes que a gente comece a unir o útil com o útil, deixando o agradável pra lá.

Dezembro de 2000

Idade avançada

Recebo muitos e-mails de leitores que me confundem com uma psicóloga ou uma conselheira sentimental, coisa que não sou. Quase todos me pedem uma opinião sobre seus impasses amorosos. Explico que não posso ajudar, que sou apenas uma escritora, mas às vezes não me controlo. Principalmente quando recebo mensagens de uma garotada de 14, 15, 16 anos, dizendo que nunca mais irão amar como amaram o ex-namorado, ou revelando seu profundo desgosto com a vida, um "nada dá certo pra mim" que pesa feito uma cruz a ser carregada vida afora.

Já tive 16 anos. Tive 18. Tive 20. Sofri por amor. Achei que nunca mais iria amar de novo. Achei, também, que a vida era ingrata, difícil, que as portas tinham a mania de se fecharem bem na hora que eu ia entrar. Qual foi a solução? Fazer 25 anos. Depois 27. Depois 34. E, então, 39, que é onde me encontro: numa idade avançada.

Idade avançada é uma expressão pejorativa. Dizer que alguém está em idade avançada é uma maneira educada de dizer que ele é um matusalém. Nada disso, caríssimos. Avançada tem outras conotações, nem todas vinculadas ao túmulo.

Avançar envolve progresso. Avança-se não só em relação ao tempo, mas também em relação ao meio em que se vive, aos conceitos que nos são impostos. Avançando, nossa percepção do mundo é ampliada, nossa história de vida acaba se justificando e nos preparando para o que vem mais adiante. Daqui, deste posto avançado em que me encontro, posso dizer que a gente ama muitas vezes e que a vida tem mais portas do que parece. Nem todas chaveadas. Algumas, inclusive, entreabertas.

Ideias avançadas, pessoas avançadas, costumes avançados: tudo isso sugere modernidade. Gente que já superou a fase do dramalhão está se divertindo com as opções encontradas. É maravilhoso ter 14, 16, 19 anos. Portanto, não desperdice essa idade de ouro sofrendo como se tivesse 80. Sofra como quem está apenas na segunda dezena da vida e tendo milhões de dias pela frente para aprender a ser jovem.

Janeiro de 2001

Felicidade realista

De norte a sul, de leste a oeste, todo mundo quer ser feliz. Não é tarefa das mais fáceis. A princípio, bastaria ter saúde, dinheiro e amor, o que já é um pacote louvável, mas nossos desejos são ainda mais complexos.

Não basta que a gente esteja sem febre: queremos, além de saúde, ser magérrimos, sarados, irresistíveis. Dinheiro? Não basta termos para pagar o aluguel, a comida e o cinema: queremos a piscina olímpica, a bolsa Louis Vuitton e uma temporada num spa cinco estrelas. E quanto ao amor? Ah, o amor... não basta termos alguém com quem podemos conversar, dividir uma pizza e fazer sexo de vez em quando. Isso é pensar pequeno: queremos AMOR, todinho maiúsculo. Queremos estar visceralmente apaixonados, queremos ser surpreendidos por declarações e presentes inesperados, queremos jantar à luz de velas de segunda a domingo, queremos sexo selvagem e diário, queremos ser felizes assim e não de outro jeito.

É o que dá ver tanta televisão. Simplesmente esquecemos de tentar ser felizes de uma forma mais realista. Por que só podemos ser felizes formando um par, e não como ímpares? Ter um parceiro constante não é sinônimo de felicidade, a não ser que seja a felicidade de estar correspondendo às expectativas da sociedade, mas isso é outro assunto. Você pode ser feliz solteiro, feliz com uns romances ocasionais, feliz com três namorados, feliz sem nenhum. Não existe amor minúsculo, principalmente quando se trata de amor próprio. Dinheiro é uma bênção. Quem tem, precisa usufruí--lo. Não perder tempo juntando, juntando, juntando. Apenas o suficiente para sentir-se seguro, mas não aprisionado. E se a gente tem pouco, é com este pouco que vai tentar segurar a onda, buscando coisas que saiam de graça, como um pouco de humor, um pouco de fé e um pouco de criatividade. Ser feliz de uma forma realista é fazer o possível e aceitar o improvável. Fazer exercícios sem almejar passarelas, trabalhar sem almejar o estrelato, amar sem almejar o eterno. Olhe para o relógio: hora de acordar. É importante pensar-se ao extremo, buscar lá dentro o que nos mobiliza, instiga e conduz, mas sem exigir-se desumanamente. A vida não é um game onde só quem testa seus limites é que leva o prêmio. Não sejamos vítimas ingênuas desta tal competitividade. Se a meta está alta demais, reduza-a. Se você não está de acordo com as regras, demita-se. Invente seu próprio jogo.

Janeiro de 2001

Desejo que desejes

Eu desejo que desejes ser feliz de um modo possível e rápido, desejo que desejes uma via expressa rumo a realizações que não sejam utópicas, e sim viáveis, que desejes coisas simples como um suco gelado depois de correr ou um abraço ao chegar em casa, desejo que desejes com discernimento e com alvos bem mirados.

Mas desejo também que desejes com audácia, que desejes uns sonhos descabidos e que ao sabê-los impossíveis não os leve em grande consideração, mas os mantenha acesos, livres de frustração, desejes com fantasia e atrevimento, estando alerta para as casualidades e os milagres, para o imponderável da vida, onde os desejos secretos são atendidos.

Desejo que desejes trabalhar melhor, que desejes amar com menos amarras, que desejes parar de fumar, que desejes viajar para bem longe e desejes voltar para teu canto, desejo que desejes crescer e que desejes o choro e o silêncio, através deles somos puxados pra dentro, eu desejo que desejes ter a coragem de te enxergar mais nitidamente.

Mas desejo também que desejes uma alegria incontida, que desejes mais amigos, e nem precisam ser melhores amigos, basta que sejam bons parceiros de esporte e de mesas de bar, que desejes o bar tanto quanto a igreja, mas que o desejo pelo encontro seja sincero, que desejes escutar as histórias dos outros, que desejes acreditar nelas e desacreditar também – faz parte este ir e vir de certezas e incertezas –, que desejes não ter tantos desejos concretos, que o desejo maior seja a convivência pacífica com outros que desejam outras coisas.

Desejo que desejes alguma mudança, uma mudança que seja necessária e que ela não te pese na alma; mudanças são temidas, mas não há outro combustível para essa travessia. Desejo que desejes um ano inteiro de muitos meses bem fechados, que nada fique por fazer, e desejo, principalmente, que desejes desejar, que te permitas desejar, pois o desejo é vigoroso e gratuito, o desejo é inocente, não reprima tuas vontades ocultas, desejo que desejes vitórias, romances, diagnósticos favoráveis, aplausos, mais dinheiro e sentimentos vários, mas desejo antes de tudo que desejes, simplesmente.

6 de janeiro de 2002

Montanha-russa

Li numa revista que cientistas americanos fizeram um levantamento sobre os incidentes que ocorrem depois de se andar de montanha-russa. Nos últimos 10 anos, 58 pessoas sofreram lesões cerebrais, sendo que 8 delas morreram. Não é um número tão significativo, se levarmos em conta que 320 milhões de pessoas por ano costumam frequentar montanhas-russas instaladas em parques de diversões dos Estados Unidos. 320 milhões que buscam adrenalina num sobe e desce esquizofrenizante. Essa gente nunca se apaixonou?

Andei de montanha-russa uma única vez. Quase enfartei aos 12 anos de idade. E numa ocasião também andei naqueles brinquedos que fazem um looping de 360 graus a toda velocidade, com a cadeira indo para frente e para trás numa tentativa deliberada de quebrar o seu pescoço, e por vezes deixando você de cabeça para baixo por alguns seculares segundos. Nunca mais fui a mesma. Meu coeficiente de inteligência até hoje oscila entre -13 e 240, conforme o horário do dia.

De montanha-russa, basta a vida. Quer impacto, é só viver uma tórrida relação de amor. Namorar uma pessoa que às vezes está a fim e às vezes não, que à noite parece que vai pedir você em casamento e na manhã seguinte parece que nunca mais vai telefonar. Montanha-russa é você ter certeza de que a paixão é o único sentimento que justifica a existência do ser humano e, na primeira decepção, não ter dúvida de que tudo não passa de uma baboseira literária para enganar os trouxas.

    Quer ter a sensação de que sua cabeça vai explodir? Tenha filhos. Durante o almoço eles amam você e durante o jantar eles sugerem que você faça uma viagem para Cabul. De manhã eles estudam e à tarde eles arrumam a mochila para fugir de casa. Na quinta-feira sua filha fica com o Jorge, na sexta fica com o Rique e no sábado fica em depressão. Na segunda-feira seu filho bate com o carro, na terça ele esquece um baseado dentro da gaveta e na quarta ele diz que não tem a menor ideia de como aquilo foi parar ali.

    Se a gente quer sobe e desce, basta acompanhar a cotação do dólar. Medo e prazer? Sexo sem camisinha. Queda livre? Salários. Zigue-zague? Estradas esburacadas. O que não falta no mundo são situações que estimulam nosso sistema nervoso. Vou andar de montanha-russa e correr o risco de comprimir minha coluna vertebral a troco de quê? Sofro e me divirto aqui no chão mesmo.

28 de julho de 2002

O novo

Procura-se, vivo: o novo. Morto não interessa. Procura-se a novidade que vai fazer o povo refletir, questionar, enlouquecer. Algo nunca visto, original, que desestruture, surpreenda, revolucione.

Raios, temos que ser novos. Não se pode repetir fórmulas, não se pode reprisar o que dá certo, ficam proibidos todos os prazeres conhecidos. Música, literatura, cinema, moda: reinventem-se! Ai de quem não ousar.

Se criamos frases com sujeito, verbo e predicado, não servem. Se fazemos concretismos, somos arcaicos. Arrancamos lágrimas, somos clichês. Arrancamos risos, somos superficiais. Criem, criem perucas feitas de acrílico, contos que matem o leitor, biquínis que mostrem a bunda: inspirem-se!

Por todo o lado, a cobrança. Relações novas, cores novas nas unhas, histórias nunca contadas, pensamentos nunca pensados, um jeito diferente de pintar o sol, de construir edifícios, de atender o telefone.

Fazer diferente, impressionar. Nada de ser lírico, nada de ser cru, transgrida, provoque a crítica, provoque o público, não caia no gosto popular, não seja excêntrico, não seja petulante, não seja o mesmo, não tenha estilo, não finja ser o que não é, não seja excessivamente confessional.

Decore sua casa com cáctus gigantes e tenha um lagarto como bicho de estimação. Não, isso é tão anos 70... Leia todos os clássicos da literatura alemã, francesa, inglesa, americana – sim, seja intelectual, isso pega bem até a meia-noite de hoje. A partir de amanhã, leia e releia blogs, literatura do futuro.

Use batom branco, não use calcinhas, tome energéticos, tome algo lilás, não seja bonito, seja interessante, consuma, consuma, consuma até encontrar o seu tipo, o seu modo de estar no mundo. É tudo tão antigo, tão igual, cause impacto, escandalize a plateia e o porteiro do seu prédio. Ou seja terna. Ternura! Enfim, uma palavra nova. Use ternura, coma ternura, vista ternura. Até o final desta estação.

Procura-se o novo. Embaixo da cama, em cima da cama, dentro dos livros, nos faróis dos carros, nos videoclipes. Despreza-se o mesmo, feito do mesmo jeito. Despreza-se a qualidade mil vezes vista. Despreza-se o consagrado – abram espaço para o inusitado.

Se vocês encontrarem o novo, não se apressem em me mostrar. Ainda estou absorvendo o que foi novo algumas horas atrás.

13 de agosto de 2003

Faxina geral

Há muitas coisas boas em se mudar de casa ou apartamento. Em princípio, toda e qualquer mudança é um avanço, um passo à frente, uma ousadia que nos concedemos, nós que tememos tanto o desconhecido. Mudar de endereço, no entanto, traz um benefício extra. Você pode estar se mudando porque agora tem condições de morar melhor, ou, ao contrário, porque está sem condições de manter o que possui e necessita ir para um lugar menor. Em qualquer dos dois casos, de uma coisa ninguém escapa: é hora de jogar muita tralha fora. E, se avaliarmos a situação sem meter o coração no meio, chegaremos a um previsível diagnóstico: quase tudo que guardamos é tralha.

Começando pelo segundo caso, o de você estar indo para um lugar menor. Salve! Considere isso uma simplificação da vida, e não um passo atrás. Não haverá espaço para guardar todos os seus móveis e badulaques. Se você for muito sentimental, vai doer um pouquinho. Mas não é crime ser racional: olhe que oportunidade de ouro para desfazer-se daquela estante enorme que ocupa todo o corredor, e também daquela sala de jantar de oito lugares que você só usa em meia dúzia de ocasiões especiais, já que faz as refeições do dia a dia na copa. Para que tantas poltronas gordas, tanta mobília herdada, tantos quadros que, pensando bem, nem bonitos são? Xô! Leve com você apenas o que combina e cabe na sua nova etapa de vida. O que sobrar, venda, ou melhor ainda: doe. Você vai se sentir como se tivesse feito o regime das nove luas, a dieta do leite azedo, ou seja lá o que estiver na moda hoje para perder peso.

No caso de você estar indo para um lugar maior, vale o mesmo. Aproveite a chance espetacular que a vida está lhe dando para exercitar o desapego. Para que iniciar vida nova com coisa velha? Ok, você foi a fundo de caixa e não sobrou nada para a decoração, compreende-se. Pois leve seu fogão, sua geladeira, sua cama, seu sofá e o imprescindível para não dormir no chão. Para começar, isso basta. Coragem: é hora de passar adiante todas as roupas que você pensa que vai usar um dia, sabendo que não vai. Hora de botar no lixo todas as panelas sem cabo, os tapetes desfiados, as almofadas com rombos, os discos arranhados, as plantas semimortas, aquela lixeira medonha do banheiro, os copos trincados, os guias telefônicos de três anos atrás, todas as flores artificiais, as revistas empoeiradas que você coleciona, a máquina de escrever guardada no baú, o aquário vazio e o violão com duas cordas. Tudo isso e mais o que você esconde no armário da dependência de serviço. Vamos lá, seja homem.

Caso você não esteja de mudança marcada, invente outra desculpa qualquer, mas livre-se você também da sua tralha. Poucas experiências são tão transcendentais como deixar nossas tranqueiras pra trás.

9 de outubro de 2005

Vende frango-se

Alguém encontrou esta pérola escrita numa placa em frente a um mercadinho de um morro do Rio: "Vende frango-se". É poesia? Piada? Apenas mais um erro de português? É a vida e ela é inventiva. Eu, que estou sempre correndo atrás de algum assunto para comentar, pensei: isso dá samba, dá letra, dá crônica. Vende frango-se, compra casa-se, conserta sapato-se.

Prefiro isso aos "q tc cmg?" espalhados pelo mundo virtual, prefiro a ingenuidade de um comerciante se comunicando do jeito que sabe, é o "beija eu" dele.

Vende carne-se, vende carro-se, vende geleia-se. Não incentivo a ignorância, apenas concedo um olhar mais adocicado ao que é estranho a tanta gente, o nosso idioma. Tão poucos estudam, tão poucos leem, queremos o quê? Ao menos trabalham, negociam, vendem frangos, ao menos alguns compram e comem e os dias seguem, não importa a localização do sujeito indeterminado. Vive-se.

Talvez eu tenha é ficado agradecida por esse senhor ou senhora que se anunciou de forma errônea, porém inocente, já que é do meu feitio também trocar algumas coisas de lugar, e nem por isso mereço chicotadas, ao contrário: o comerciante do morro me incentivou a me perdoar. Esquecer o nome de um conhecido, não reconhecer uma voz ao telefone, chamar Gustavos de Olavos, confundir os verbos e embaralhar-se toda para falar: sou a rainha das gafes, dos tropeços involuntários. Tento transformar em folclore, já que falta de educação não é. Conserta destrambelhada-se. Eu me ofereço como cliente. Quem não? Sabemos todos como é constrangedor não acertar, mas lá do alto do seu boteco, ele nos absolve. Ele, o autor de um absurdo, mas um absurdo muito delicado.

Vende frango-se, e eu acho graça, e achar graça é uma coisa boa, sinal de que ainda não estamos tão secos, rudes e patrulheiros, ainda temos grandeza para promover o erro alheio a uma inesperada recriação da gramática, fica eleito o dono da placa o Guimarães Rosa do morro, vale o que está escrito, e do jeito que está escrito, uma vez que entender todos entenderam. Fica aqui minha homenagem à imperfeição.

9 de novembro de 2005

Uma vida interessante

"E se eu lhe disser que estou com medo de ser feliz pra sempre?" pergunta ao seu analista a personagem Mercedes, da peça *Divã*, que estreia hoje em Porto Alegre.

É uma pergunta que vem ao encontro do que se debateu dias atrás num programa de tevê. O psicanalista Contardo Calligaris comentou que ser feliz não é tão importante, que mais vale uma vida interessante. Como algumas pessoas demonstraram certo desconforto com essa citação, acho que vale um mergulhinho no assunto.

"Ser feliz", no contexto em que foi exposto, significa o cumprimento das metas tradicionais: ter um bom emprego, ganhar algum dinheiro, ser casado e ter filhos. Isso traz felicidade? Claro que traz. Saber que "chegamos lá" sempre é uma fonte de tranquilidade e segurança. Conseguimos nos enquadrar, como era o esperado. A vida tal qual manda o figurino. Um delicioso feijão com arroz.

E o que se faz com nossas outras ambições?

Não por acaso a biografia de Danuza Leão estourou. Ali estava a história de uma mulher que não correu atrás de uma vida feliz, mas de uma vida intensa, com todos os preços a pagar por ela. A maioria das pessoas lê esse tipo de relato como se fosse ficção. Era uma vez uma mulher charmosa que foi modelo internacional, casou com jornalistas respeitados, era amiga de intelectuais, ícone da noite carioca e, por tudo isso, deu a sorte de viver uma vida interessante. Deu sorte? Alguma, mas nada teria acontecido se ela não tivesse tido peito. E ela sempre teve. Ao menos, metaforicamente.

    Pessoas com vidas interessantes não têm fricote. Elas trocam de cidade. Investem em projetos sem garantia. Interessam-se por gente que é o oposto delas. Pedem demissão sem ter outro emprego em vista. Aceitam um convite para fazer o que nunca fizeram. Estão dispostas a mudar de cor preferida, de prato predileto. Começam do zero inúmeras vezes. Não se assustam com a passagem do tempo. Sobem no palco, tosam o cabelo, fazem loucuras por amor, compram passagens só de ida.

    Para os rotuladores de plantão, um bando de inconsequentes. Ou artistas, o que dá no mesmo.

    Ter uma vida interessante não é prerrogativa de uma classe. É acessível a médicos, donas de casa, operadores de telemarketing, professoras, fiscais da Receita, ascensoristas. Gente que assimilou bem as regras do jogo (trabalhar, casar, ter filhos, morrer e ir para o céu), mas que, a exemplo de Groucho Marx, desconfia dos clubes que lhe aceitam como sócia. Qual é a relevância do que nos é perguntado numa ficha de inscrição, num cadastro para avaliar quem somos? Nome, endereço, estado civil, RG, CPF. Aprovado. Bem-vindo ao mundo feliz.

    Uma vida interessante é menos burocrática, mas exige muito mais.

22 de março de 2006

O que a dança ensina

Reclamar do tédio é fácil, difícil é levantar da cadeira para fazer alguma coisa que nunca se fez. Pois dia desses aceitei um desafio: fiz uma aula de dança de salão, roxa de vergonha por ter que enfrentar um professor, um espelho enorme, outros alunos e meu total despreparo. Mas a graça da coisa é esta: reconhecer-se virgem. Com soberba não se aprende nada. Entrei na academia rígida feito um membro da guarda real e saí de lá praticamente uma mulata globeleza.

Exageros à parte, a dança sempre me despertou fascínio, tanto que me fez assistir ao filme que está em cartaz com o Antonio Banderas, *Vem dançar*, em que ele interpreta um professor de dança de salão que tenta resgatar a autoestima de uma turma de alunos rebeldes. Qualquer semelhança com uma dúzia de outros filmes do gênero, inspirados no clássico *Ao mestre com carinho*, não é coincidência, é beber da fonte assumidamente.

Excetuando-se os vários momentos clichê da trama, o filme tem o mérito de esclarecer qual é a função didática, digamos assim, da dança. Na verdade, o simples prazer de dançar bastaria para justificar a prática, mas vivemos num mundo onde todos se perguntam o tempo todo "para que serve?". Para que serve um beijo, para que serve ler, para que serve um pôr do sol? É a síndrome da utilidade. Pois bem, dançar tem, sim, uma serventia. Nos ensina a ter confiança, se é que alguém ainda lembra o que é isso.

Hoje ninguém confia, é verbo em desuso. Você não confia em desconhecidos e também em muitos dos seus conhecidos. Não confia que irão lhe ajudar, não confia que irão chegar na hora marcada, não confia os seus segredos, não confia seu dinheiro. Dormimos com um olho fechado e o outro aberto, sempre alertas, feito escoteiros. O lobo pode estar a seu lado, vestindo a tal pele de cordeiro.

Então, de repente, o que alguém pede a você? Que diga sim. Que escute atentamente a música. Que apoie seus braços. Que se deixe conduzir. Que não tenha vergonha. Que libere seus movimentos. Que se entregue.

Qualquer um pode dançar sozinho. Aliás, deve. Meia hora por dia, quando ninguém estiver olhando, ocupe a sala, aumente o som e esqueça os vizinhos. Mas dançar com outra pessoa, formando um par, é um ritual que exige uma espécie diferente de sintonia. Olhos nos olhos, acerto de ritmo. Hora de confiar no que o parceiro está propondo, confiar que será possível acompanhá-lo, confiar que não se está sendo ridículo nem submisso, está-se apenas criando uma forma diferente e mágica de convivência. Ouvi uma coisa linda ao sair do cinema: se os casais, hoje, dedicassem um tempinho para dançar juntos, mesmo em casa – ou principalmente em casa –, muitas discussões seriam poupadas. É uma espécie de conexão silenciosa, de pacto, um outro jeito de fazer amor.

Dançar é tão bom que nem precisava servir pra nada. Mas serve.

2 de julho de 2006

Emoção x adrenalina

Ainda não estive com o livro nas mãos, mas já ouvi algo a respeito e me parece que deve ser uma leitura não só interessante como necessária. Chama-se *O culto da emoção*, do filósofo francês Michel Lacroix, em que ele defende que a busca irrefreável por emoções fortes, tendência dos dias de hoje, é, no fundo, um sintoma da nossa insensibilidade. "É de lirismo verdadeiro que precisamos, não de adrenalina", diz o autor. Ou seja, andamos muito trepidantes e frenéticos, mas pouco contemplativos.

Generalizando, dá para dizer que todos nós estamos meio robotizados e só conseguimos nos emocionar se formos estimulados pela velocidade e pelo risco: só se houver perigo, só se for radical, só se for inédito, só se causar impacto. Não que isso deva ser contraindicado. Creio que uma dose de enfrentamento com o desconhecido faz bem para qualquer pessoa. Testar os próprios limites pode ser não só prazeroso como educativo, desde que você se responsabilize pelo que faz e não arraste forçosamente aqueles que nada têm a ver com suas ambições aventureiras. Vá você e que Deus lhe acompanhe.

O que não dá é para se viciar em novidades e perder a capacidade de comover-se com o banal, pela simples razão que emoção nenhuma é banal se for autêntica. Só as emoções obrigatórias é que são ordinárias. Nascimentos, casamentos e mortes emocionam apenas os que estão realmente envolvidos, senão é teatro – aquele teatrinho básico que se pratica em sociedade. Lembro como se fosse ontem, mas aconteceu há exatos vinte anos. Eu estava sozinha – não havia um único rosto conhecido a menos de um oceano de distância – sentada na beira de um lago. Fiquei um tempão olhando para a água, num recanto especialmente bonito. Foi então que me bateu uma felicidade sem razão e sem tamanho. Deve ser o que chamam de plenitude. Não havia acontecido nada, eu apenas havia atingido uma conexão absoluta comigo mesma. Não há como contar isso sem ser piegas. Aliás, não há como contar, ponto. Não foi algo pensado, teorizado, arquitetado: foi apenas um sentimento, essa coisa tão rara.

De lá pra cá, nem hino nacional, nem gol, nem parabéns a você me tocam de fato. Isso são alegrias encomendadas e, mesmo quando bem-vindas, ainda assim são apenas alegrias, que é diferente de comoção. O que me cala profundamente é perceber uma verdade que escapou dos lábios de alguém, um gesto que era para ser invisível mas eu vi, um olhar que disse tudo, uma demonstração sincera de amizade, um cenário esplendoroso, um silêncio que basta. E também sensações íntimas e indivisíveis: você conquistou, você conseguiu, você superou. Quem, além de você, vai alcançar a dimensão das suas pequenas vitórias particulares?

Eu disse pequenas? Me corrijo. Contemplar um lago, rever um amigo, rezar para seu próprio deus, ver um filho crescer, perdoar, gostar de si mesmo: tudo isso é gigantesco para quem ainda sabe sentir.

9 de julho de 2006

Espírito aberto

Sabemos da quantidade de pessoas que passam necessidades reais, que estão desempregadas, que não têm como alimentar os filhos, que têm uma doença séria, enfim, ninguém ignora as mazelas do mundo. No entanto, muitas dessas pessoas que habitam as estatísticas não fazem parte do nosso círculo íntimo. Na maioria das vezes, nossos amigos e familiares estão bem, trabalham, possuem uma vida afetiva. Ok, eles têm lá seus problemas, mas não são exatamente o retrato da desgraça. Ainda assim, me espanta que muitos deles, mesmo sem motivo para cortar os pulsos, vivam como se fossem uns infelizes, lidando com o dia a dia de uma forma pesada, obstruindo o próprio caminho em vez de viver com mais leveza. São o que eu chamo de pessoas com o espírito fechado.

Eu respeito quem traz uma grande dor e não sai espalhando sorrisos à toa, mas me enervo com quem fecha a cara por simples falta de humor. Palavrinha mágica, esta: humor. Não me refiro a quem faz piadinhas a todo instante, e sim a quem possui inteligência suficiente para saber que é preciso relevar as incomodações, curtir as diferenças e ser generoso com o que acontece à nossa volta. Humor significa ter um espírito aberto.

Esta é a resposta para quem pergunta qual é a "fórmula da felicidade" – alguém ainda pergunta isso? Eu responderia: ter o espírito aberto, só. O resto vem. Amigos, amores, oportunidades, até saúde: a fartura disso tudo depende muito da sua postura de vida. Não é evidente?

Eu já fui um caramujo ambulante, daquelas criaturinhas desconfiadas, que torcia o nariz para tudo o que não fosse xerox do meu pensamento. Desprezava os diferentes de mim e com isso, claro, custava para encontrar meu lugar no mundo. Era praticamente um autoboicote. Me trancava no quarto e achava que ninguém me compreendia. Ora, nem podiam mesmo. Aliás, nem queriam.

Um dia – e ainda bem que esse dia chegou relativamente cedo, no final da adolescência – eu pensei: calma aí, quem vai me salvar? Jesus? John Lennon? Percebi que o mundo era maior do que o meu quarto e que eu tinha apenas duas escolhas: absorvê-lo ou brigar contra ele. Contrariando minha natureza rebelde, optei por absorvê-lo.

Abracei tudo o que me foi oferecido, deixei de me considerar importante, comecei a achar graça da vida e, com a passagem dos anos, só melhorei, não parei mais de me desobstruir, de lipoaspirar mágoas e ranzinzices – a não ser que desejasse posar de poeta maldita, o que não era o caso. Me salvei eu mesma e fui tratar de aproveitar cada minuto, que é o que venho fazendo até hoje.

Quando alguém me diz "como você tem sorte", penso que tenho mesmo. Mas não a sorte de receber tudo caído no colo, e sim a sorte de ter percebido a tempo que nosso maior inimigo é a falta de humor. Sem humor, brota preconceito para tudo que é lado. A gente começa a ter mania de perseguição, qualquer coisa parece difícil e uma discussãozinha à toa vira um dramalhão. Prefiro escalar uma montanha a viver dessa forma cansativa.

Espírito aberto. Caso você não tenha recebido gratuitamente na sua herança genética, dá para desenvolver por si próprio.

7 de janeiro de 2007

100 coisas

É febre. Livros listando as 100 coisas que você deve fazer antes de morrer, os 100 lugares que você deve conhecer antes de morrer, os 100 pratos que você deve provar antes de morrer. Primeiramente, me espanta o fato de todos terem certeza absoluta de que você vai morrer. Eu prefiro encarar a morte como uma hipótese. Mas, no caso de acontecer, serei obrigada mesmo a cumprir todas estas metas antes? Não dá pra fechar por 50 em vez de 100?

Outro dia estava assistindo a um DVD promocional do Discovery Channel que também mostra, com imagens e depoimentos, as 100 coisas que a gente precisa porque precisa fazer antes de morrer. Me deu uma angústia, pois das 100, eu fiz apenas 11 até agora. Falta muito ainda. Falta dirigir uma Ferrari, fazer um safári, frequentar uma praia de nudismo, comer algo exótico (um baiacu venenoso, por exemplo), visitar um vulcão ativo, correr uma maratona, perder uma fortuna nos cassinos de Las Vegas, fotografar a aurora boreal no Alasca, assistir a um desfile do Armani em Milão, atravessar a Rota 66 numa Harley Davidson, nadar com golfinhos, andar de camelo, escalar uma montanha e outras coisas que eu estou contando os minutos para fazer, só não sei se vai dar tempo.

Se dependesse apenas da minha vontade, eu já teria um plano de ação esquematizado, mas quem fica com as crianças? Conseguirei cinco férias por ano? E quem patrocina essa brincadeira?

Hoje é dia de mais um sorteio da Mega-Sena. O prêmio está acumulado em 50 milhões de reais. A maioria das pessoas, quando perguntadas sobre o que fariam com a bolada, respondem: pagar as dívidas, comprar um apartamento, um carro, uma casa na serra, outra na praia, garantir a segurança dos filhos e guardar o resto para a velhice.

Normal. São desejos universais. Mas fica aqui o convite para sonhar com mais criatividade. Arranje uma dessas listas de 100 coisas para fazer antes de morrer e divirta-se com as opções. Dá para fazer quase tudo com muito dinheiro, e algo me diz que hoje é seu dia de sorte. Embolse a grana, doe uma parte para quem necessita e depois vá assistir à final de Wimbledon, surfar na Indonésia, ver Baryshnikov dançar, a Julianne Moore atuar na Broadway, alugue um balão e sobrevoe um deserto, visite uma aldeia indígena, passe o aniversário ao lado de um amigo que mora longe. Não pense tanto em comprar, mas em viver.

Eu, que não apostei na Mega-Sena, por enquanto sigo com minha lista de 100 coisas a *evitar* antes de morrer. É divertido também, e bem mais fácil de realizar, nem precisa de dinheiro.

10 de janeiro de 2007

La gozadera

Eu já havia gostado muito dos pensamentos e poemas publicados no livro *Da amizade*, de Francisco Bosco, lançado em 2003. Pois agora, quatro anos depois, Chico lança *Banalogias*, um livro de ensaios que transforma o banal em filosofia da boa. Daqueles livros que nos mantêm grudados até a última página e que abandonamos sob protestos.

Chico não se contenta com o aspecto periférico de nada e vai fundo buscar o que não se enxerga a olho nu: o maquiavelismo de algumas críticas contra Caetano Veloso, a desimportância das dedicatórias de livros, o reducionismo das sinopses de filmes, o que diferencia um golaço de um gol bonito, a necessidade da tristeza, a insistência em comparar letra de música com poesia e outros assuntos que ele aprofunda como um astuto arqueólogo do cotidiano. Entre os temas, destaco o delicioso "A ética da gafieira em 15 passos", de onde tirei o assunto para minha crônica de hoje, ou para o que resta dela. Chico Bosco fala que a exigência de o cavalheiro conduzir a dama, de ela ser conduzida, a obrigação de pensar na sequência de passos e tudo mais conferem uma certa rigidez e tensão aos bailarinos iniciantes, quando na verdade a dança de gafieira pede justamente o contrário. "É a conquista de uma liberdade – isto é, a conquista do erro – que possibilita o sorriso, a soltura, o improviso. Numa palavra, como dizem os cubanos, la gozadera."

Agora me diga você, que vive contraído por causa das pressões sociais, das expectativas alheias, das ideias absurdas de perfeição que foram colocadas na sua cabeça, como é que ainda não se permitiu a conquista do erro? Está aí a chave para uma vida, senão mais feliz, ao menos mais divertida. Porque é do erro que surgem novas soluções. Os desacertos nos movimentam, nos humanizam, nos aproximam dos outros, enquanto o sujeito nota dez nem consegue olhar para o lado, não pode se desconcentrar um minuto sob pena de ver seu mundo cair.

O mundo já caiu, baby. Só nos resta dançar sobre os destroços.

A escritora e filósofa francesa Chantal Thomas certa vez disse que na sociedade moderna há muito lazer e pouco prazer. O fato de você estar passeando, nadando ou comendo não significa que está tendo prazer, talvez esteja apenas obedecendo as leis severas do "tempo livre". O que há de divertido em reservar uma mesa num restaurante da moda para daqui a três meses, em enfrentar filas intermináveis para ver uma exposição de um artista que você nem sabe quem é, em comprar uma bolsa caríssima que logo será vendida a dez reais no camelô e em praticar a ginástica do momento para não ficar desatualizada? Tudo isso são solicitações culturais, imposições de fora. O prazer está na invenção da própria alegria.

O pai de Chico, João Bosco, há muitos anos sussurrou belamente em nossos ouvidos: são dois pra lá, dois pra cá. Vem agora o filho e gentilmente retira a ponta do torturante band-aid do calcanhar. Soltemos nossos passos e gozemos a vida.

9 de setembro de 2007

Antes de partir

Um filme cujos protagonistas são Jack Nicholson e Morgan Freeman, com diálogos bem construídos e um humor inteligente (mesmo tratando de um assunto difícil como a finitude da vida) já entra em cartaz com vantagem, mesmo que o roteiro não seja lá muito surpreendente.

Antes de partir não é mesmo surpreendente, mas isso também pode ser uma coisa boa. Ficamos sempre correndo atrás de fórmulas novas quando deveríamos nos dedicar mais a reforçar certas verdades. E a verdade do filme, se pudesse ser resumida numa frase, seria: aproveite o tempo que lhe resta. Nada que você já não tenha escutado mil vezes.

Nicholson e Freeman interpretam dois sessentões que descobrem estar com uma doença terminal. Os prognósticos apontam seis meses de vida para cada um, no máximo um ano. E agora? Esperar a extrema-unção numa cama de hospital ou buscar a extrema excitação?

Sem piscar, eles aventuram-se pelo mundo praticando esportes radicais, conhecendo lugares exóticos, desfrutando todos os prazeres de uma vida bem vivida – claro que um deles é milionário e banca tudo, detalhe que nos falta na hora de pensar em fazer o mesmo. Você não pensa em fazer o mesmo?

Você, eu e mais seis bilhões de homens e mulheres também estamos com a sentença decretada, só não sabemos o dia e a hora. Está certo que é morbidez pensar sobre isso quando se é muito moço, mas alcançando uma certa maturidade, já dá pra parar de se iludir com a vida eterna, amém. Com dinheiro ou sem dinheiro, faça valer a sua passagem por aqui. Não sei se você percebeu, mas viver é nossa única opção real. Antes de nascermos, era o nada. Depois, virá mais uma infinidade de nada. Essa merrequinha de tempo entre dois nadas é um presentaço. Não seja maluco de desperdiçar.

Ok, quantos poderiam sair amanhã para um safári na África, para um tour pelas pirâmides do Egito, para um jantar num restaurante cinco estrelas na França? Ou teriam coragem de saltar de paraquedas e pisar fundo num carro de corrida numa pista em Indianápolis? Se não temos grana nem dublês, então que a gente se divirta com outro tipo de emoção, que o filme, aliás, também recomenda.

Reconheçamos o básico: uma vida sem amigos é uma vida vazia. O mundo é muito maior que a sala e a cozinha do nosso apartamento. A arte proporciona um sem-número de viagens essenciais para o espírito. Amar é disparado a coisa mais importante que existe.

Que mais? Desmediocrize sua vida. Procure seus "desaparecidos", resgate seus afetos. Aprenda com quem tiver algo a ensinar, e ensine algo àqueles que estão engessados em suas teses de certo e errado. Troque experiências, troque risadas, troque carícias. Não é preciso chegar num momento-limite para se dar conta disso. O enfrentamento das pequenas mortes que nos acontecem em vida já é o empurrão necessário. Morremos um pouco todos os dias, e todos os dias devemos procurar um final bonito antes de partir.

5 de março de 2008

Muito barulho por tudo

Tem uns aí que acabaram de completar 30 anos de idade e já começam a falar coisas como: "no meu tempo" isso, "no meu tempo" aquilo. Imagina então quem está fazendo 40. Ou 50. Ou mais. Está todo mundo em pânico, com medo de envelhecer. O que, de certa forma, é um medo mais razoável do que ter medo da morte: essa virá a qualquer hora e crau. Com sorte, a gente não vai nem perceber o que está acontecendo. Já envelhecer é um processo lento e com muitos dissabores. A perda da energia. A perda do pique. A perda do charme. A perda da saúde física.

Por essas e outras, recomendo aos "idosos" que amam bossa nova, chorinho, jazz, música clássica, música barroca, música instrumental, pagode, samba e bolero que assistam imediatamente ao documentário Rolling Stones – *Shine a Light*. Você pode odiar rock'n'roll, mas se ama a vida e anda sendo rondado pelo fantasma da decrepitude, o filme é um tratamento de choque da melhor qualidade. Você sai do cinema com uma visão renovada da terceira idade.

Mick Jagger fará 65 anos em julho. Keith Richards, 65 em dezembro. O baterista Charlie Watts tem 67, e o caçula Ron Wood, 61. Não dá para dizer que eles têm uma pele de anjo – seus rostos mais parecem o Grand Canyon. O brilhante Martin Scorsese (66 anos), que dirigiu *Shine a Light* com o talento que a gente conhece não é de hoje, simplesmente não teve condescendência alguma com os quatro rapazes da banda: dá para enxergar até suas cáries.

Mas não é um filme de terror. Assistir por duas horas a Mick Jagger no palco é a prova inconteste de que lá adiante, ou ali adiante (não sei em que idade você se encontra) não há, necessariamente, perda de energia, nem perda de pique, nem perda de charme. Perda nenhuma de charme, aliás.

O homem é um dínamo.

Apesar de mostrar apenas um show quase o tempo inteiro, lá pelas tantas aparece uma cena de Jagger bem garoto, recém começando a fazer sucesso, com aparência de quem cheirava a leite (mas já com ar de quem cheirava outra coisa). Um jornalista pergunta a ele: "Você se imagina fazendo a mesma coisa aos 60?". Resposta: "Fácil". Era provocação, mas o fato é que ele chegou em 2008 fazendo exatamente a mesma coisa. Só um pouquinho mais ofegante, mas menos do que muito quarentão que faz meia hora de esteira na academia.

Além de um registro histórico da banda mais longeva e mais importante depois dos Beatles, esse documentário é de tirar o fôlego. Dá um tapa na cara do nosso cansaço, nos envergonha pela nossa falta de atitude (palavrinha manjada, mas é a que define os Stones, não tem outra), e nos avisa: velhice? Sem essa. Nós também temos um palco: aqui, este. A vida. Também temos plateia, luz, figurino, a não ser que você tenha optado por virar ermitão. Um resfriado violento pode nos jogar na cama e nos fazer sentir velhos aos 20 anos, mas se temos saúde, não há velhice que nos detenha, a não ser que tenhamos, por vontade própria, deixado de usar o cérebro.

Vá assistir ao documentário mesmo gostando apenas de canto gregoriano. É uma injeção de adrenalina. E se você gosta de rock como eu, bom, então nem preciso recomendar nada: você já deve ter ido e está aí, fazendo planos para depois de se aposentar aos 100.

9 de abril de 2008

Um poema filmado

Eu recomendei, cerca de um mês atrás, a trilha sonora de *My Blueberry Nights*, que é excelente. Agora vi o filme, que no Brasil ganhou o nome de *Um beijo roubado*. É sobre o que, esse filme? Sobre absolutamente nada, a não ser a vida, essa que passa pela nossa janela sem roteiro, sem diálogos geniais, simplesmente a vida que nos convida: vai ou fica?

Ela, a vida, essa que nos faz entrar em bares suspeitos, chorar de amor, espiar pelas frestas, pegar no sono em cima do balcão depois de beber demais. É noite escura e a gente sofre calado, deixa a conta pendurada, bebe de novo quando havia prometido parar e morre – morre mesmo! – de ciúmes sem ter tido tempo de saber que éramos amados.

A vida e nossos vícios, nossas perdas, nossos encontros: quanto mais nos relacionamos com os outros, mais conhecemos a nós mesmos, e é uma boa surpresa descobrir que, afinal, gostamos de quem a gente é, e quando isso acontece fica mais fácil voltar ao nosso ponto de origem, onde tudo começou.

A vida e a espera por um telefonema, a vida e seus blefes, e nosso cansaço, e nossos sonhos, e a rotina e as trivialidades, e tudo aquilo que parecerá sem graça se ninguém colocar um pouco de poesia no olhar. A vida e suas pessoas belas, feias, fortes, fracas, normais. Todas atrás da chave: aquela que abrirá novas portas, velhas portas, a chave que nos fará ter o controle da situação – mas queremos mesmo ter o controle da situação? Não será responsabilidade demais? Deixar a chave nas mãos do destino é uma opção.

Os sinais fecham, os sinais abrem. Você segue adiante, você freia. A gente atravessa a rua e vai parar em outro mundo, basta dar os primeiros passos. Viaja para esquecer, viaja para descobrir, e alguém fica parado no mesmo lugar, aguardando (quando pequeno, sua mãe lhe ensinou que, ao se perder na multidão, não é bom ficar ziguezagueando, melhor manter-se parado no mesmo lugar, aí fica mais fácil ser encontrado). Muitos estão parados no mesmo lugar, torcendo para serem descobertos.

A vida como uma estrada sem rumo, a vida e seus sabores compartilhados, um beijo também é compartilhar um sabor.

Afinal, vou ou não vou falar sobre o filme? Contei-o de cabo a rabo. Vá com poesia no olhar.

25 de maio de 2008

O isopor e a neve

Aconteceu comigo. Eu, que trabalho em casa, senti uma necessidade súbita de sair, atravessar paredes, ganhar as ruas por alguns minutos, a fim de renovar o fôlego para continuar a escrever. Precisava enviar uma correspondência e resolvi: vou a pé até uma agência dos Correios, tem uma pertinho, a cinco quadras de onde moro. Fui.

Cheguei lá, não sem antes ter sido quase atropelada por um automóvel, foi por um triz. Despachei a carta, saí da agência e foi então que eu vi: um caminhão deixou cair no meio da rua um saco enorme cheio de isopor. O caminhão seguiu seu rumo sem perceber o rastro que ficou pra trás. Em segundos, aquele isopor em lâminas foi se transformando em pedaços miúdos. Os carros passavam por cima e o isopor se desintegrava em partículas que se movimentavam para cima e para os lados em câmera lenta, de tão leves. Parei, porque se eu atravessasse a rua de novo, não haveria uma segunda chance: seria atropelada de fato. Eu não estava mais em mim. Via nevar em Porto Alegre no meio de uma tarde de novembro. Neve de isopor.

Qualquer semelhança com *Beleza americana* é, sim, uma feliz coincidência. Se você viu o filme, não pode ter esquecido aquela cena. Um saco plástico vazio sendo movimentado pelo vento durante alguns minutos. Apenas a câmera e o saco plástico dançando em slow motion diante dos nossos olhos. Certamente, uma das cenas mais bonitas e poéticas que já vi no cinema.

Foi bem assim. Pedacinhos de isopor que pareciam flocos de neve dançavam sobre o asfalto numa tarde abafada de Porto Alegre. Carros velozes passavam por cima, e os isopores ali, flutuando lentamente, alheios à pressa urbana. O que significava aquilo?

Nada.

Por isso o estranhamento. Por isso a singeleza. As coisas sem significado são tão raras, acontecimentos gratuitos costumam ser tão despercebidos que, se você percebe, ganha o dia. Foi uma cena real, não de cinema, e por isso não teve trilha sonora, os motores dos automóveis violavam o silêncio, mas dentro da minha cabeça ouvi música clássica por alguns segundos, encantada com a neve no asfalto.

Aí o isopor foi se dispersando, se dispersando, e eu comecei a me sentir uma idiota parada no meio da calçada, inerte, como se tivesse testemunhado um atropelamento. Metaforicamente, é o que havia acontecido. Eu havia sido atropelada. Não um atropelamento como quase havia ocorrido minutos antes, quando um carro tirou um fininho de mim em plena faixa de segurança, mas foi outro tipo de atropelo: fiquei paralisada por ter sido plateia de um pouco de poesia no meio de uma tarde de um dia útil, que se mostrou útil justamente quando parei de trabalhar.

Voltei pra casa e escrevi esse texto sem propósito, em homenagem à neve que também não era neve.

5 de novembro de 2008

Competência pra vida

Tem aquelas pessoas de quem a gente é fã, mesmo não compactuando com o comportamento delas quando os holofotes se apagam. É o caso da Amy Winehouse, por exemplo, que acabou se envolvendo com drogas de uma maneira descontrolada e que por causa disso coleciona episódios deprimentes de internações e vexames públicos. Ainda assim, sua privacidade não é da minha conta, portanto nada me impede de considerá-la um dos melhores acontecimentos musicais dos últimos anos: é uma cantora de personalidade única e com um repertório classudo – eu certamente estaria na fila do gargarejo se Amy fizesse um show por aqui, mesmo correndo o risco de ela cair desmaiada sobre minha cabeça e eu ter que carregá-la de volta para o camarim.

E tem aquele outro tipo de artista que nos ganha por completo: a gente admira não só sua obra, mas sua visão de mundo também, o que estabelece um caso de amor eterno, que é o que rola entre mim e Woody Allen – por enquanto, um caso de amor unilateral porque ele ainda não sabe da minha existência, mas deixa saber.

Além de muitos DVDs, tenho alguns livros sobre ele, e adicionei à minha coleção o *Conversas com Woody Allen*, que reúne uma série de entrevistas que ele concedeu ao longo dos últimos quarenta anos ao jornalista Eric Lax, e de onde se podem extrair declarações do tipo: "Eu gostaria de fazer um grande filme, desde que isso não atrapalhe a minha reserva para o jantar".

A despeito de sua modéstia – ele já fez vários grandes filmes –, o que me seduz nessa declaração é que ele revela ser do tipo que não coloca o trabalho à frente da vida pessoal, não sacrifica seus prazeres mundanos, não vira noites nem adoece por causa de um ofício que, por mais importante que seja, não vale um encontro com o namorado ou um almoço no dia do aniversário do filho. Eu desconfio muito de quem não valoriza o seu ócio predileto e acaba virando gângster de si mesmo. Até podem ganhar prêmios com sua dedicação inumana, mas perdem todo o sabor da vida. São profissionais competentes, por um lado, mas incompetentes por não reconhecerem a importância de alcançar uma certa vadiagem responsável, que é como eu chamo o "trabalhar sem se matar".

Quando fui publicitária, em priscas eras, meus colegas ficavam fulos ao me ver dando tchau às sete da noite e voltando pra casa sem um pingo de remorso, enquanto eles ficavam até altas horas fazendo não sei bem o quê – provavelmente o que fazem até hoje. Tirando algumas ocasiões (e profissões) excepcionais, em que realmente o trabalho exige hora extra, o resto é tempo desperdiçado em reuniões inúteis e enrolação de quem não tem nada melhor para fazer nas suas horas livres.

Nesse mesmo livro, Woody Allen aconselha todo mundo a trabalhar, claro, mas recomenda que se divirtam com o processo, que não deem bola para o que os outros dizem e que, por mais gratificante que seja ganhar dinheiro, não se deixem levar por ilusões de grandeza. Menos vaidade, mais prazer.

Não estivesse ele comprometido e ligeiramente fora do meu alcance, eu o convidaria para jantar.

11 de janeiro de 2009

Eu não preciso de almofada

Quando participo de bate-papos públicos, geralmente em escolas, costumo ser perguntada sobre de onde vêm os assuntos para escrever uma crônica, e aqui está um bom exemplo do quão inusitado pode ser o caminho da inspiração: conversando outro dia sobre decoração de ambientes, um defensor da linha franciscana de morar me disse a frase que acabei de utilizar no título acima: "Eu não preciso de almofada".

Ao escutá-lo, olhei para os lados, disfarçadamente. Estávamos cercados por mais ou menos 25 almofadas de todas as cores, tamanhos e origens. Na minha sala e escritório tenho quatro sofás (e mais dois na sacada) e todos eles são cobertos por almofadas indianas, nordestinas, uruguaias: minha casa é o albergue internacional das almofadas. É só colocar o pé para fora da cidade e feito: na bagagem, vem mais uma capa de almofada que trago de Búzios, de Buenos Aires, de Gramado, de Fortaleza. É o que dispara meu lado consumista. Mas, claro, eu também não preciso de almofada.

Tampouco preciso de flores, mesmo que na minha casa nunca deixarão de ser encontrados ao menos três vasos com astromélias de cores variadas: amarelas, laranjas, fúcsia. E, no mínimo, duas orquídeas. Também gerânios que parecem pequenas margaridas. Alguns fícus, bromélias. E, quando o saldo da conta permite, lírios brancos. Mas eu preciso de flores? Era só o que faltava.

Também não preciso de tapetes. O fato de minha casa parecer uma loja turca é só para evitar desconforto aos que andam descalços. Não preciso de cortinas também, mas um dia encasquetei que a casa pareceria mais aquecida e acolhedora com elas, e aí gastei dinheiro bobamente com uns tecidos de linho cru e palha da índia. Frescura.

Também não preciso de música. Nem tenho lugar para guardar tanto CD. Coisa mais antiga, CD. Também não preciso de porta-retratos, sei de memória o rosto das minhas filhas, mesmo o de quando elas eram crianças. Não preciso de castiçais, já que tenho energia elétrica. Não preciso de estantes abarrotadas de livros, coisa mais inútil, e eles ainda acumulam pó. Não preciso de quadro: ninguém presta atenção mesmo e furar paredes é um troço que às vezes dá errado. Não preciso de esculturas. Não preciso de abajur. Não preciso de espelhos. Não preciso de guardanapos de pano. Não preciso de toalhas estampadas. Não preciso de caixinhas compradas em feiras e briques. Não preciso de lembranças de viagem. Não preciso de lembranças. Não preciso de viagens.

E poderia prosseguir dizendo que não preciso de cor, não preciso de beleza, não preciso de sonho, não preciso de arte, não preciso de criatividade, não preciso de diversão, não preciso de prazer, não preciso de senso estético, não preciso de humor e também não preciso traduzir minha alma e minha história de vida em tudo o que me cerca. Mas isso equivaleria a dizer que eu não preciso de mim.

É isso, garotada. Até mesmo uma simples almofada pode gerar uma reflexão.

26 de julho de 2009

O deus das pequenas coisas

"Me sinto uma fracassada." Não é uma frase fácil de se ouvir de alguém. Soa até mesmo incompreensível quando se trata de uma mulher linda, rica, que mora num sobrado deslumbrante, passa uma parte do ano no Brasil e a outra em Nova York, é casada com um homem igualmente lindo e apaixonado por ela, tem dois filhos que são uns doces, é uma profissional bem-sucedida e já deu a volta ao mundo meia dúzia de vezes. O que é que falta? "Um projeto de vida", responde ela.

Existe uma insaciedade preocupante nessa mulher e em diversas outras mulheres e homens que conquistaram o que tanto se deseja, e que ainda assim não conseguem preencher o seu vazio. Um projeto de vida, o que vem a ser? No caso de quem tem tudo, pode ser escrever um livro, adotar uma criança, engajar-se numa causa social, abrir um negócio próprio, enfim, algo grandioso quando já se tem tudo de grande: amor, saúde, dinheiro e realização profissional. Mas creio que esse projeto de vida que falta a tantas pessoas consiste justamente no que é considerado pequeno e, por ser pequeno, é novo para quem não está acostumado a se deslumbrar com o que se convencionou chamar de "menor".

Onde é que se encontra o sublime? Perto. Ao regar as plantas do jardim. Ao escolher os objetos da casa conforme a lembrança de um momento especial que cada um deles traz consigo. Lendo um livro. Dando uma caminhada junto ao mar, numa praça, num campo aberto, onde houver natureza. Selecionando uma foto para colocar no porta-retratos. Escolhendo um vestido para sair e almoçar com uma amiga. Acendendo uma vela ou um incenso. Saboreando um beijo. Encantando-se com o que é belo. Reverenciando o sol da manhã depois de uma noite de chuva. Aceitando que a valorização do banal é a única atitude que nos salva da frustração. Quando já não sentimos prazer com certas trivialidades, quando passamos a ter gente demais fazendo as tarefas cotidianas por nós, quando trocamos o "ser feliz" pelo "parecer feliz", nossas necessidades tornam-se absurdas e nada que viermos a conquistar vai ser suficiente, pois teremos perdido a noção do que a palavra suficiente significa.

Sei que tudo isso parece fácil e que não é. Algumas pessoas não conseguem desenvolver essa satisfação interna que faz com que nos sintamos vitoriosos simplesmente por estarmos em paz com a vida, mesmo possuindo problemas, mesmo tendo questões sérias a resolver no dia a dia. É inevitável que se pense que a saída está na religião, mas dedicar-se a uma doutrina, seja qual for, pode ser apenas fuga e alienação. Mais do que rezar para um Deus profético e soberano, acredito que o que nos sustenta passa sim por uma espiritualidade, porém menos dogmática. É o cultivo de um espírito de gratidão, sem penitências, culpas e outras tranqueiras. Gratidão por estarmos aqui e por termos uma alma capaz de detectar o sublime no essencial, fazendo com que todo o supérfluo, que não é errado desejar e obter, torne-se apenas uma consequência agradável desse nosso olhar íntimo e amoroso a tudo o que nos cerca.

27 de setembro de 2009

A morte como consolo

Assim como qualquer mortal, eu também esqueço a cabeça com questões de difícil praticidade. Teorizar é moleza, mas como agir do mesmo modo que essas supermulheres que a gente vê nas revistas e jornais, sempre bem resolvidas? Você acha que eu sei? Sei nada.

Eu também me desgasto com assuntos mundanos, aqueles que nos atormentam dia e noite: sinto ciúmes, me constranjo ao negar convites, às vezes acho que sou severa demais com minhas filhas, às vezes severa de menos, não consigo ser tão solícita quanto gostaria, me sinto desatualizada em relação a tanta coisa, não sei direito a direção para a qual conduzir minha vida, enfim, coisinhas que nos roubam algumas horas preciosas de sono.

Como não faço terapia e não posso perder nem um minuto precioso de sono, já que normalmente durmo pouco, resolvi procurar um método pessoal para relativizar meus pequenos grilos cotidianos. E encontrei um que pode parecer macabro, mas está funcionando. Quando estou muito preocupada com alguma coisa, penso: eu vou morrer.

Óbvio que vou morrer, todo mundo sabe que vai morrer um dia, mas a gente evita pensar nesse assunto desagradável. No entanto, tenho pensado na morte não como uma tragédia, mas como um recurso para desencanar dos problemas, e então a morte se torna, ulalá, um paliativo: daqui a quarenta anos, mais ou menos, eu não vou estar mais aqui. O que são quarenta anos? Um flash. Todas as minhas preocupações desaparecerão. Nada do que eu sinto ou penso permanecerá, ao menos não para mim mesma – o que as pessoas lembrarem de mim será de responsabilidade delas. Eu vou evaporar. Sumir. Escafeder-me. Então pra que me preocupar com bobagem?

Diante da morte, tudo é bobagem. Recapitulando os exemplos dados no segundo parágrafo: ciúmes? Ouvi bem: ciúmes? De quem, para quê, se todos irão pra baixo da terra e ninguém sobreviverá para cantar vitória? Aproveite os momentos que você tem hoje – hoje! – para desfrutar seus prazeres e não pense em perdas e ganhos, isso não existe, é pura ilusão.

Os filhos nos amam, mas fatalmente reclamarão de nós um dia, não importa o quão bacana fomos com eles. Ser 100% solícita é coisa para Madre Teresa. Atualização pode ser importante para o trabalho, mas nem sempre para nosso bem-estar. E, finalmente, seja qual for a direção que você der à sua vida, o que importa é que ela seja satisfatória hoje (repito a palavra mágica – hoje!) porque daqui a pouco você e suas preocupações virarão poeira. Até Ivete Sangalo vai virar poeira.

Importantíssimo (me descuidei, deveria ter colocado esse último parágrafo lá no início, mas já que vou morrer, dane-se): se você tem menos de 40 anos, desconsidere todas as linhas dessa crônica. Leve seu nascimento a sério. Antes dos 40, ninguém vai morrer. Essa é a ordem natural do pensamento humano. Pague seus impostos, preocupe-se com a direção que sua vida está tomando, morra de ciúmes, dê-se o direito a todas as cenas passionais e irracionais que incrementam seu script: não se entregue ao fatalismo. Honre o primeiro ato dessa encenação chamada vida.

Porém, depois dos 40, apenas divirta-se e não perca tempo se preocupando com bobagens. Vai dar em nada.

1º de novembro de 2009

Nunca imaginei um dia

Até alguns anos atrás, eu costumava dizer frases como "eu jamais vou fazer isso" ou "nem morta eu faço aquilo", limitando minhas possibilidades de descoberta e emoção. Não é fácil libertar-se do manual de instruções que nos autoimpomos. Às vezes, leva-se uma vida inteira, e nem assim conseguimos viabilizar esse projeto. Por sorte, minha ficha caiu a tempo.

Começou quando iniciei um relacionamento com alguém completamente diferente de mim, diferente a um ponto radical mesmo: ele, por si só, foi meu primeiro "nunca imaginei um dia". Feitos para ficarem a dois planetas de distância um do outro. Mas o amor não respeita a lógica, e eu, que sempre me senti tão confortável num mundo planejado, inaugurei a instabilidade emocional na minha vida. Prendi a respiração e dei um belo mergulho.

A partir daí, comecei a fazer coisas que nunca havia feito. Mergulhar, aliás, foi uma delas. Sempre respeitosa com o mar e chata para molhar os cabelos, afundei em busca de tartarugas gigantes e peixes coloridos no mar de Fernando de Noronha. Traumatizada com cavalos (por causa de um equino que quase me levou ao chão quando eu tinha oito anos de idade), participei da minha primeira cavalgada depois dos quarenta, em São Francisco de Paula. Roqueira convicta e avessa a pagode, assisti a um show do

Zeca Pagodinho na Lapa. Para ver o Ronaldo Fenômeno jogar ao vivo, me infiltrei na torcida do Olímpico num jogo entre Grêmio e Corinthians, mesmo sendo colorada. Meu paladar deixou de ser monótono: comecei a provar alimentos que nunca havia provado antes. E muitas outras coisas vetadas por causa do "medo do ridículo" receberam alvará de soltura. O ridículo deixou de existir na minha vida.

Não deixei de ser eu. Apenas abri o leque, me permitindo ser um "eu" mais amplo. E sinto que é um caminho sem volta.

Um mês atrás participei de outro capítulo da série "Nunca imaginei um dia". Viajei numa excursão, eu que sempre rejeitei essa modalidade turística. Sigo preferindo viajar a dois ou sozinha, mas foi uma experiência fascinante, ainda mais que a viagem não tinha como destino um país do circuito Elizabeth Arden (Paris–Londres–Nova York), mas um país africano, muçulmano e desértico. Aliás, o deserto de Atacama, no Chile, será meu provável "nunca imaginei um dia" do ano que vem.

E agora cometi a loucura jamais pensada, a insanidade que nunca me permiti, o ato que me faria merecer uma camisa de força: eu, que nunca me comovi com bichos de estimação, adotei um gato de rua. Pode colocar a culpa no espírito natalino: trouxe um bichano de três meses pra casa, surpreendendo minhas filhas, que já haviam se acostumado com a ideia de ter uma mãe sem coração. E o que mais me estarrece: estou apaixonada por ele.

Ainda há muitas experiências a conferir: fazer compras pela internet, andar num balão, cozinhar dignamente, me tatuar, ler livros pelo kindle, viajar de navio e mais umas trezentas coisas que nunca imaginei fazer um dia, mas que já não duvido. Pois tem essa também: deixei de ser tão cética.

Já que é improvável que 2010 seja diferente de qualquer outro ano, que a novidade sejamos nós.

27 de dezembro de 2009

Seu apartamento é feliz?

Dia desses fui acompanhar uma amiga que estava procurando um apartamento para comprar. Ela selecionou cinco imóveis para visitar, todos ainda ocupados por seus donos, e pediu que eu fosse com ela dar uma olhada. Minha amiga, claro, estava interessada em avaliar o tamanho das peças, o estado de conservação do prédio, a orientação solar, a vizinhança. Já eu, que estava ali de graça, fiquei observando o jeito que as pessoas moram.

Li em algum lugar que só há uma regra de decoração que merece ser obedecida: para onde quer que se olhe, deve haver algo que nos faça feliz. O referido é verdade e dou fé. Não existe um único objeto na minha casa que não me faça feliz, pelas mais variadas razões: ou porque esse objeto me lembra de uma viagem, ou porque foi um presente de uma pessoa bacana, ou porque está comigo desde muitos endereços atrás, ou porque me faz reviver o momento em que o comprei, ou simplesmente porque é algo divertido e descompromissado, sem qualquer função prática a não ser agradar aos olhos.

Essa regra não tem nada a ver com elitismo. Pessoas riquíssimas muitas vezes vivem em palácios totalmente impessoais, aristocráticos e maçantes com suas torneiras de ouro, quadros soturnos que valem fortunas e enfeites arrematados em leilões. São locais classudos, sem dúvida, e que devem fazer seus monarcas felizes, mas eu não conseguiria morar num lugar em que eu não me sentisse à vontade para colocar os pés em cima da mesinha de centro.

A beleza de uma sala, de um quarto ou de uma cozinha não está no valor gasto para decorá-los, e sim na intenção do proprietário em dar a esses ambientes uma cara que traduza o espírito de quem ali vive. E é isso que me espantou nas várias visitas que fizemos: a total falta de espírito festivo daqueles moradores. Gente que se conforma em ter um sofá, duas poltronas, uma tevê e um arranjo medonho em cima da mesa, e não se fala mais nisso. Onde é que estão os objetos que os fazem felizes? Sei que a felicidade não exige isso, mas por que ser tão franciscano? Um estímulo visual torna o ambiente mais vivo e aconchegante, e isso pode existir em cabanas no meio do mato e em casinhas de pescadores que, aliás, transpiram mais felicidade do que muito apê cinco estrelas. Mas grande parte das pessoas não está interessada em se informar e em investir na beleza das coisas simples. E quando tentam, erram feio, reproduzindo em suas casas aquele estilo showroom de megaloja que só vende móveis laqueados e forrados com produtos sintéticos, tudo metido a chique, o suprassumo da falta de gosto. Onde o toque da natureza? Madeira, plantas, flores, tecidos crus e, principalmente, onde o bom humor? Como ser feliz numa casa que se leva a sério?

Não me recrimine, estou apenas passando adiante o que li: para onde quer que se olhe, é preciso alguma coisa que nos deixe feliz. Se você está na sua casa agora, consegue ter seu prazer despertado pelo que lhe cerca? Ou sua casa é um cativeiro com o conforto necessário e fim?

Minha amiga ainda não encontrou seu novo lar, mas segue procurando, só que agora está visitando, de preferência, imóveis já desabitados, vazios, onde ela possa avaliar não só o tamanho das peças, a orientação solar, o estado geral de conservação, mas também o potencial de alegria que ela pretende explorar.

24 de janeiro de 2010

Feliz por nada

Geralmente, quando uma pessoa exclama "Estou tão feliz!", é porque engatou um novo amor, conseguiu uma promoção, ganhou uma bolsa de estudos, perdeu os quilos que precisava ou algo do tipo. Há sempre um porquê. Eu costumo torcer para que essa felicidade dure um bom tempo, mas sei que as novidades envelhecem e que não é seguro se sentir feliz apenas por atingimento de metas. Muito melhor é ser feliz por nada.

Digamos: feliz porque maio recém começou e temos longos oito meses para fazer de 2010 um ano memorável. Feliz por estar com as dívidas pagas. Feliz porque alguém lhe elogiou. Feliz porque existe uma perspectiva de viagem daqui a alguns meses. Feliz porque você não magoou ninguém hoje. Feliz porque daqui a pouco será hora de dormir e não há lugar no mundo mais acolhedor do que sua cama.

Esquece. Mesmo sendo motivos prosaicos, isso ainda é ser feliz por muito.

Feliz por nada, nada mesmo?

Talvez passe pela total despreocupação com essa busca. Essa tal de felicidade inferniza. "Faça isso, faça aquilo". A troco? Quem garante que todos chegam lá pelo mesmo caminho?

Particularmente, gosto de quem tem compromisso com a alegria, que procura relativizar as chatices diárias e se concentrar no que importa pra valer, e assim alivia o seu cotidiano e não atormenta o dos outros. Mas não estando alegre, é possível ser feliz também. Não estando "realizado", também. Estando triste, felicíssimo igual. Porque felicidade é calma. Consciência. É ter talento para aturar o inevitável, é tirar algum proveito do imprevisto, é ficar debochadamente assombrado consigo próprio: como é que eu me meti nessa, como é que foi acontecer comigo? Pois é, são os efeitos colaterais de estar vivo.

Benditos os que conseguem se deixar em paz. Os que não se cobram por não terem cumprido suas resoluções, que não se culpam por terem falhado, não se torturam por terem sido contraditórios, não se punem por não terem sido perfeitos. Apenas fazem o melhor que podem.

Se é para ser mestre em alguma coisa, então que sejamos mestres em nos libertar da patrulha do pensamento. De querer se adequar à sociedade e ao mesmo tempo ser livre. Adequação e liberdade simultaneamente? É uma senhora ambição. Demanda a energia de uma usina. Para que se consumir tanto?

A vida não é um questionário de Proust. Você não precisa ter que responder ao mundo quais são suas qualidades, sua cor preferida, seu prato favorito, que bicho seria. Que mania de se autoconhecer. Chega de se autoconhecer. Você é o que é, um imperfeito bem-intencionado e que muda de opinião sem a menor culpa.

Feliz por nada talvez seja isso.

2 de maio de 2010

Tudo pode dar certo

Uns acharam bom, outros acharam ruim, e assim é a vida, todos opinam aqui e ali, e eu serei apenas mais uma a palpitar sobre o recente filme de Woody Allen. É possível que você concorde comigo e estaremos em sintonia, ou você irá discordar, engrossando a turma dos que acham que Woody Allen não é mais o mesmo, ou você talvez sempre tenha considerado Woody Allen um chato de galochas, ou vai ver nem sabe quem é esse tal de Woody Allen, e nada disso mudará uma única fagulha no curso do universo.

O monólogo de abertura de *Tudo pode dar certo*, com Larry David no papel do mal-humorado Boris, traz esse espírito fatalista. Segundo ele, nada tem muito sentido, a sorte é que manda no jogo, e se ao menos facilitássemos as coisas para tornar nossos dias mais suportáveis, mas fazemos justamente o contrário. "As pessoas tornam a vida pior do que é preciso", reclama o protagonista.

Na contramão da crítica especializada, para mim Woody Allen está cada vez melhor, se não como cineasta, ao menos como filósofo. Tem se revelado mais debochado e mais leve, como convém a um homem inteligente que está chegando aos 75 anos e que aprendeu que só o que nos cabe nessa vida é não fazer mal aos outros e usufruir da melhor maneira a honra de ter nascido.

Dessa vez, Woody Allen foi fundo na caricatura. Mostra um personagem ranzinza que fracassa em suas duas tentativas de suicídio, uma loirinha desmiolada, uma senhora careta que reavalia seus conceitos e "se reinventa", um príncipe encantado cujo único atrativo é ser bonitão e um pai de família temente a Deus que descobre que é um gay enrustido. "Às vezes os clichês são a melhor forma de dizer as coisas", alerta Boris ainda no início do filme.

Quando assisti a *Igual a tudo na vida*, filme de 2003, lembro de ter comentado que Woody Allen havia se dado alta. E sigo com a mesma impressão. Em suas obras anteriores (principalmente as realizadas entre o final dos anos 70 e o início dos 90), todas ricas e consistentes em seus questionamentos existenciais, o diretor parecia dizer: "Não há cura". Em sua resignada fase atual, ele parece dizer: "Não há doença". O diretor está apenas confirmando que não temos nenhum domínio sobre os mistérios que nos rondam e sobre experiências nunca testadas. Então, não importa o que façamos, o risco de dar certo é o mesmo de dar errado, e até quando parece que dá errado, funciona. Qualquer coisa funciona. Até um Woody Allen clichê.

5 de maio de 2010

Sons que confortam

Eram quatro horas da manhã quando seu pai sofreu um colapso cardíaco. Só estavam os três em casa: o pai, a mãe e ele, um garoto de 12 anos. Chamaram o médico da família. E aguardaram. E aguardaram. E aguardaram. Até que o garoto escutou um barulho lá fora. É ele que conta, hoje, adulto: "Nunca na vida ouvira um som mais lindo, mais calmante, do que os pneus daquele carro amassando as folhas de outono empilhadas junto ao meio-fio".

Inesquecível, para o menino, foi ouvir o som do carro do médico se aproximando, o homem que salvaria seu pai. Na mesma hora em que li esse relato, imaginei um sem-número de sons que nos confortam. A começar pelo choro na sala de parto. Seu filho nasceu. E o mais aliviante para pais que têm adolescentes baladeiros: o barulho da chave abrindo a fechadura da porta. Seu filho voltou.

E pode parecer mórbido para uns, masoquismo para outros, mas há quem mate a saudade assim: ouvindo pela enésima vez o recado na secretária eletrônica de alguém que já morreu.

Deixando a categoria dos sons magnânimos para a dos sons cotidianos: a voz no alto-falante do aeroporto dizendo que a aeronave já se encontra em solo e o embarque será feito dentro de poucos minutos.

O sinal, dentro do teatro, avisando que as luzes serão apagadas e o espetáculo irá começar.

O telefone tocando exatamente no horário que se espera, conforme o combinado. Até a vinheta que antecede a chamada a cobrar pode ser bem-vinda, se for grande a ansiedade para se falar com alguém distante.

O barulho da chuva forte no meio da madrugada, quando você está no quentinho da sua cama.

Uma conversa em outro idioma na mesa ao lado da sua, provocando a falsa sensação de que você está viajando, de férias em algum lugar estrangeiro. E estando em algum lugar estrangeiro, ouvir o seu idioma natal sendo falado por alguém que passou, fazendo você lembrar que o mundo não é tão vasto assim.

O toque do interfone quando se aguarda ansiosamente a chegada do namorado. Ou mesmo a chegada da pizza.

O aviso sonoro de que entrou uma mensagem no seu celular.

A sirene da fábrica anunciando o fim de mais um dia de trabalho.

O sinal da hora do recreio.

A música que você mais gosta tocando no rádio do carro. Aumente o volume.

O aplauso depois que você, nervoso, falou em público para dezenas de desconhecidos.

O primeiro eu te amo dito por quem você também começou a amar.

E o mais raro e sublime: o silêncio absoluto.

6 de junho de 2010

Nasci assim, vou morrer assim

Uma das provas irrefutáveis de que estou prestes a virar um fóssil é que assisti à novela *Gabriela*, em 1975, e lembro até hoje da famosa cena em que Sonia Braga se arrasta feito uma lagartixa por cima de um telhado de Ilhéus, para assombro do seu Nacib. Outro dia, numa dessas retrospectivas tipo vale a pena ver de novo, reprisaram a cena, enquanto se ouvia a trilha sonora que virou hit: "Eu nasci assim, eu cresci assim, eu vivi assim, vou ser sempre assim, Gabriééééela".

Salve Dorival Caymmi, autor da letra, mas cá entre nós, hoje em dia Gabriela seria forte candidata a algumas sessões de psicanálise, porque só pode ser teimosia crônica essa mania de nascer assim, crescer assim, viver assim e, mais grave, ser sempre assim. Por mais que "assim" seja bom, é muito assim pra pouco assado.

Tenho uma amiga que é a última a sair dos encontros da nossa turma. Invariavelmente, a última. No entanto, dias atrás, nos reunimos e não eram nem 21h quando ela pegou sua bolsa e se despediu. Silêncio na sala. Está se sentindo mal? Não. Alguma coisa que dissemos te ofendeu? Não. Vai se encontrar com alguém? Não. Ela apenas sentiu vontade de voltar cedo pra casa em vez de, como de hábito, ficar para apagar a luz. Havia nascido assim, crescido assim, vivido assim, mas não precisava ser sempre assim.

Depois que ela se foi, ficamos especulando sobre o que a teria feito ir embora, sem aceitarmos a explicação trivial que ela deu: vontade. Como vontade? Desde quando alguém faz algo diferente por simples vontade? Muito suspeito.

É justamente para não alimentar desconfianças que tanta gente se algema aos seus preconceitos, aos gostos que cultiva há vinte anos, às manias executadas no automático e a amores que nem lhes satisfazem mais, tudo para que os outros não questionem sua integridade, já que se estabeleceu que quem muda é frívolo.

Se é isso mesmo, salvem os frívolos. Só não muda quem não se relaciona com o mundo, não passou por nenhuma experiência amorosa, por nenhuma frustração. Só não muda quem não consegue racionalizar sobre o que acontece a sua volta, não se interessa pela condição humana, não é curioso a respeito de si mesmo, não se permite ser atingido pela arte e pelo pensamento filosófico, em suma, só não muda quem está morto.

A vida não recompensa os amadores. No máximo, lhes dá uma vida tranquila, e isso nem sempre é uma graça divina. Gabriela era um personagem de ficção, e Caymmi, um poeta enaltecendo a pureza humana, que merece mesmo ser enaltecida em prosa e verso. Mas a pureza não precisa se defender o tempo inteiro contra a mudança. Pode-se migrar da pureza para o experimentalismo, sem perdas.

Minha amiga, naquela noite, dormiu cedo como há séculos não fazia, e eu, que costumo cabecear quando termina a novela, fui a última a sair, fiquei para apagar a luz. E ambas continuamos íntegras como sempre fomos.

4 de agosto de 2010

Em que esquina dobrei errado?

Aconteceu em Paris. Estava sozinha e tinha duas horas livres antes de chamar o táxi que me levaria ao aeroporto, de onde embarcaria de volta para o Brasil. Mala fechada, resolvi gastar esse par de horas caminhando até a Place des Vosges, que era perto do hotel. Depois de chuvas torrenciais, fazia sol na minha última manhã na cidade, então Place des Vosges, lá vou eu. E fui.

Sem um mapa à mão, tinha certeza de que acertaria o caminho, não era minha primeira vez na cidade. Mas por um desatino do meu senso de orientação, dobrei errado numa esquina. Em vez de ir para a esquerda, entrei à direita. Mais adiante, aí sim, virei à esquerda, mas não encontrei nenhuma referência do que desejava. Segui reto: estaria a Place des Vosges logo em frente? Mais umas quadras, esquerda de novo. Gozado, era por aqui, eu pensava. Não que fosse um sacrifício me perder em Paris, mas eu parecia estar mais longe do hotel do que era conveniente. Mais caminhada, e então, várias quadras adiantes, não foi a Place des Vosges que surgiu, e sim a Place de la République. Eu tinha atravessado uns três bairros de Paris, mon Dieu.

Perguntei a um morador o caminho mais curto para voltar à rua onde ficava meu hotel, e ele me apontou um táxi. Teimosa, pensei: ainda tenho um tempinho, voltarei a pé. E assim foram minhas duas últimas horas em Paris, uma estabanada andando às pressas, saltando as poças da noite anterior, olhando aflita para o relógio em vez de flanar como a cidade pede. Cheguei esbaforida no hotel, peguei minha mala e, por causa da correria, esqueci no hall de entrada uma gravura linda que havia comprado e que planejava trazer em mãos no voo. Tudo por causa de uma esquina que dobrei errado.

Foram apenas duas horas inúteis e cansativas, e duas horas não é nada na vida de ninguém. Mas quanta gente perde a vida que almejou por ter virado numa esquina que não conduzia a lugar algum?

Alguns desacertos pelo caminho fazem a gente perder três anos da nossa juventude, fazem a gente perder uma oportunidade profissional, fazem a gente perder um amor, fazem a gente perder uma chance de evoluir. Por desorientação, vamos parar no lado oposto de onde nos aguardava uma área de conforto, onde encontraríamos pessoas afetivas e uma felicidade não de cinema, mas real. Por sair em desatino sem a humildade de pedir informação a quem conhece bem o trajeto ou de consultar um mapa, gastamos sola de sapato à toa e um tempo que ninguém tem para esbanjar. Se a vida fosse férias em Paris, perder-se poderia resultar apenas numa aventura, mesmo com o risco de o avião partir sem nós. Mas a vida não é férias em Paris, e aí um dia a gente se olha no espelho e enxerga um rosto envelhecido e amargurado, um rosto de quem não realizou o que desejava, não alcançou suas metas, perdeu o rumo: não consegue voltar para o início, para os seus amores, para as suas verdades, para o que deixou para trás. Não existe GPS que assegure se estamos no caminho certo. Só nos resta prestar mais atenção.

29 de agosto de 2010

Diversão de adulto

Uma leitora que assistiu a entrevista que dei recentemente para Marília Gabriela diz não ter entendido eu ter sido enfática sobre a importância de se valorizar a diversão num relacionamento, já que no primeiro bloco eu afirmei que não era de balada e preferia encontros mais privados. A ela, isso soou como uma contradição.

A leitora, que vou chamar de Carmem, não disse a idade, mas deduzi que ainda estivesse naquela fase em que diversão é sinônimo de festa – uns 19 anos, no máximo. Em tempo: eu gosto de festa. Um aniversário, um casamento, uma comemoração especial. Uma aqui, outra acolá, com algum espaçamento entre elas. Gosto.

Só que, quando falei em diversão, Carmem, falei antes de tudo num estado de espírito. Existe uma frase ótima, que não lembro de quem é, que diz que rir não é uma forma de desprezar a vida, e sim de homenageá-la. Mas atenção para a sutileza: isso não significa passar os dias feito uma boba alegre, dando bom dia pra poste. Trata-se de rir por dentro. De achar graça nas coisas. Mesmo as que não dão muito certo. A essa altura você já deve ter descoberto que nem tudo dá certo.

Parece um insulto falar de diversão com quem, aos 19 anos, deve ser expert no assunto, mas minha tese de mestrado, se eu tivesse que defender uma, seria: gente madura é que sabe se divertir. A verdadeira liberdade está em já ter feito vestibular, já ter terminado a faculdade, já ter casado, já ter tido filhos, já ter conquistado estabilidade profissional, já ter separado (é facultativo) e, surpreendentemente, ainda não ter virado um fóssil. Com o resto de vida que se tem pela frente, sem precisar provar mais nada pra ninguém, muito menos pra si mesmo, é hora de arrumar a mochila e conhecer lugares que você sempre sonhou conhecer (Fernando de Noronha, quem sabe) e alguns que você nunca imaginou colocar os pés (Mongólia, digamos). Aprender um idioma só pela paixão por sua sonoridade: italiano, claro. Aprender a jogar pôquer ou ter umas aulas de sinuca. Aprender a cozinhar. Caso já saiba, aprender a cozinhar com intenção de abrir um restaurante um dia.

Você deve estar se perguntando: isso diverte um relacionamento? Ô.

Óbvio que é preciso trabalhar feito um escravo para custear toda essa programação, mas nada melhor para um casal do que se manter ocupado em seus ofícios e depois realizar juntos atividades desestressantes e hiperprazerosas, que deixarão ambos mais leves e, não duvide, mais jovens.

Carmem, se divertir é dormir cedo, acordar cedo, trabalhar, suar e arriscar. Pareço louca? Se divertir é isso também, enlouquecer. Festa é bom de vez em quando. E festa toda noite é coisa de gente triste. A vida mundana, ela mesma, é que tem que ser uma farra diária.

20 de março de 2011

O que a vida oferece

Conversando outro dia com um senhor saudosista, ele me contou que, quando sua filha tinha uns 10 anos de idade, ele costumava pegá-la pela mão e propunha: "Vamos dar uma volta na rua para ver o que a vida oferece".

Tanta gente aí esperando ansiosamente para ver o que a vida oferece, só que não sai de casa, e quando sai, não tem curiosidade e abertura para receber o que ela traz.

Infelizmente, já não caminhamos pela rua, a não ser num ritmo acelerado, com trajeto definido e com o intuito de queimar calorias. Marchamos rumo a um melhor condicionamento físico, o que é um belo hábito, mas, flanar, não flanamos mais. Não passeamos. As ruas estão esburacadas, há muitas ladeiras, o trânsito é barulhento e selvagem, compreende-se. Mesmo assim, a despeito de todos os inconvenientes, é preciso dar uma chance à vida, colocando-nos à disposição para que ela nos surpreenda.

Ao sair sem pressa, paramos numa banca de revistas e descobrimos uma nova publicação. Dizemos bom dia para o jornaleiro e ele, gentil, nos troca uma nota de valor alto. Na calçada, encontramos um velho amigo. Ou um artista famoso. Ou alguém que sempre nos prejudicou e hoje está mais prejudicado que nós, bem feito.

Na rua, pegamos sol. Paramos para tomar um suco de maracujá com maçã. Flertamos. Um novo amor pode surgir de uma caminhada tranquila numa rua qualquer. E uma nova proposta de trabalho pode surgir de um esbarrão num ex-colega: "estava mesmo pensando em te procurar, cara". Se continuasse apenas pensando, nada aconteceria.

Na rua, o jeito de se vestir de uma moça inspira a gente a resgatar uma jaqueta que não usávamos mais. Bate de novo a vontade de ter um cachorro. Descobrimos que é hora de marcar um exame minucioso no joelho direito, por que ele incomoda tanto?

Encontramos umas amigas num bistrô e paramos um instantinho para conversar, e então ficamos sabendo de uma exposição que não se pode perder. Passamos por uma livraria e damos mais uma namoradinha num livro que nos seduz. Ajudamos uma senhora que está saindo com várias sacolas de um supermercado, não custa dar uma mão. Aceitamos o folheto entregue por um garoto na esquina, anunciando uma cartomante que promete trazer seu amor de volta em três dias. Você joga o folheto no lixo, e não no meio-fio. Você compra flores para sua casa. Você observa a fachada antiga de um prédio e resolve voltar ali com uma máquina fotográfica. Você entra numa igreja, não fazia isso há anos. Reencontra um ex-namorado que passa de carro e lhe oferece uma carona. Você nem tinha percebido como havia caminhado e como estava longe de casa. Aceita a carona. Um novo amor não surgiu, mas seu antigo amor foi resgatado em menos de três dias, nem precisou de cartomante.

Pode nada disso acontecer, óbvio. Mas sem dar uma chance à vida é que não acontece mesmo.

17 de abril de 2011

O que acontece no meio

Vida é o que existe entre o nascimento e a morte. O que acontece no meio é o que importa.

No meio, a gente descobre que sexo sem amor também vale a pena, mas é ginástica, não tem transcendência nenhuma. Que tudo o que faz você voltar para casa de mãos abanando (sem uma emoção, um conhecimento, uma surpresa, uma paz, uma ideia) foi perda de tempo. Que a primeira metade da vida é muito boa, mas da metade para o fim pode ser ainda melhor, se a gente aprendeu alguma coisa com os tropeços lá do início. Que o pensamento é uma aventura sem igual. Que é preciso abrir a nossa caixa-preta de vez em quando, apesar do medo do que vamos encontrar lá dentro. Que maduro é aquele que mata no peito as vertigens e os espantos.

No meio, a gente descobre que sofremos mais com as coisas que imaginamos que estejam acontecendo do que com as que acontecem de fato. Que amar é lapidação, e não destruição. Que certos riscos compensam – o difícil é saber previamente quais. Que subir na vida é algo para se fazer sem pressa. Que é preciso dar uma colher de chá para o acaso. Que tudo que é muito rápido pode ser bem frustrante. Que Veneza, Mykonos, Bali e Patagônia são lugares excitantes, mas que incrível mesmo é se sentir feliz dentro da própria casa. Que a vontade é quase sempre mais forte que a razão. Quase? Ora, é sempre mais forte.

No meio, a gente descobre que reconhecer um problema é o primeiro passo para resolvê-lo. Que é muito narcisista ficar se consumindo consigo próprio. Que todas as escolhas geram dúvida – todas. Que depois de lutar pelo direito de ser diferente, chega a bendita hora de se permitir a indiferença. Que adultos se divertem mais do que os adolescentes. Que uma perda, qualquer perda, é um aperitivo da morte – mas não é a morte, que essa só acontece no fim, e ainda estamos falando do meio.

No meio, a gente descobre que precisa guardar a senha não apenas do cartão do banco, mas a senha que nos revela a nós mesmos. Que passar pela vida à toa é um desperdício imperdoável. Que as mesmas coisas que nos exibem também nos escondem (escrever, por exemplo). Que tocar na dor do outro exige delicadeza. Que ser feliz pode ser uma decisão, não apenas uma contingência. Que não é preciso se estressar tanto em busca do orgasmo, há outras coisas que também levam ao clímax: um poema, um gol, um show, um beijo.

No meio, a gente descobre que fazer a coisa certa é sempre um ato revolucionário. Que é mais produtivo agir do que reagir. Que a vida não oferece opção: ou você segue, ou você segue. Que a pior maneira de avaliar a si mesmo é se comparando com os demais. Que a verdadeira paz é aquela que nasce da verdade. E que harmonizar o que pensamos, sentimos e fazemos é um desafio que leva uma vida toda, esse meio todo.

4 de dezembro de 2011

Não parecia eu

Já deve ter acontecido com você. Diante de uma situação inusitada, você reage de uma forma que nunca imaginou, e ao fim do conflito se pega pensando: que estranho, não parecia eu. Você, tão cordata, esbravejou com o namorado. Você, tão explosivo, contemporizou com seu sócio. Você, tão pudica, barbarizou na boate. Você, tão craque, perdeu três gols feitos na mesma partida. Você, tão seja lá o que for, adotou uma postura incondizente com seu histórico. Percebeu-se de outro modo. Virou momentaneamente outra pessoa.

No filme *Neblinas e sombras* (não queria dizer que é do Woody Allen para não parecer uma obcecada, mas é, e sou) o personagem de Mia Farrow refugia-se num bordel e aceita prestar um serviço sexual em troca de dinheiro, ela que nunca imaginou passar por uma situação constrangedora dessas. No dia seguinte, admite a um amigo que, para sua surpresa, teve uma noite maravilhosa, apesar de se sentir muito diferente de si mesma. O amigo a questiona: "Será que você não foi você mesma pela primeira vez?".

São nauseantes, porém decisivas e libertadoras essas perguntas que nos fazem os psicoterapeutas e também nossos melhores amigos, não nos permitindo rota de fuga. E aí? Quem é você de verdade?

Viver é um processo. Nosso "personagem" nunca está terminado, ele vai sendo construído conforme as vivências e também conforme nossas preferências – selecionamos uma série de qualidades que consideramos correto possuir e que funcionam como um cartão de visitas. Eu defendo o verde, eu protejo os animais, eu luto pelos pobres, eu só me relaciono por amor, eu cumpro as leis, eu respeito meus pais, eu não conto mentiras, eu acredito em positivismo, eu acho graça da vida. Nossa, mas você é sensacional, hein?

Temos muitas opiniões sensatas, repetimos muitas palavras de ordem, mas saber quem somos realmente é do departamento das coisas vividas. A maioria de nós optou pela boa conduta, e divulga isso em conversas, discursos, blogs e demais recursos de autopromoção, mas o que somos, de fato, revela-se nas atitudes, principalmente nas inesperadas. Como você reage vendo alguém sendo assaltado, foge ou ajuda? Como você se comporta diante de uma cantada de uma pessoa do mesmo sexo, respeita ou engrossa? O que você faria se soubesse que sua avó tem uma doença terminal, contaria a verdade ou a deixaria viver o resto dos dias sem essa perturbação? Qual sua reação diante da mão estendida de uma pessoa que você despreza, aperta por educação ou faz que não viu? Não são coisas que aconteçam diariamente, e pela falta de prática, você tem apenas uma ideia vaga de como se comportaria, mas saber mesmo, só na hora. E pode ser que se surpreenda: "não parecia eu".

Mas é você. É sempre 100% você. Um você que não constava da cartilha que você decorou. Um você que não estava previsto no seu manual de boas maneiras. Um você que não havia dado as caras antes. Um você que talvez lhe assombre por ser você mesmo pela primeira vez.

19 de agosto de 2012

Pequenas felicidades

Cachorro-quente.

Na esteira de bagagens do aeroporto, sua mala estar entre as primeiras a aparecer.

Receber notícias de um amigo que você gosta muito e que andava sumido.

Ter recebido de presente a série inteira de *Mad Men* para assistir atirada no sofá.

Numa loja de CDs usados, por um preço irrisório, encontrar discos de Keith Jarrett, Tom Waits, Chet Baker, Stan Getz e Miles Davis que você já teve em vinil e estupidamente se desfez.

Dentro do cinema, não haver ninguém conversando e fazendo barulho com papel de bala e saco de pipoca.

Livros. Encantar-se por um autor que você não conhecia.

Revistas TPM, Lola, Bravo, Elle, Vogue, Joyce Pascowitch – revistas de moda, cultura, entretenimento e decoração são sempre um luxo acessível, uma fantasia necessária.

Lareira.

Sair bem na foto.

Passar um fim de semana fora da cidade.

Num restaurante com os amigos, a última rodada ser brinde da casa.

Flores, folhagens, jardins, árvores, montanha.
Um bom programa de entrevista na tevê.
Rever as obras de um pintor que você gosta muito.
Taxista que não corre.
Prazos de validade bem visíveis nos produtos perecíveis.
Banho quente. Sem pressa pra sair.
Declaração de amor de filho.
Declaração de amor do seu amor.
Alguém encontrou e devolveu a carteira que você havia perdido com todos os documentos dentro.
Barulho de chuva antes de dormir.
Dia de sol ao acordar.
Massagem.
Acertarem no presente.
Receber um elogio profissional de alguém que você admira muito.
Subir na balança e descobrir que emagreceu.
Checkup que não acusa nenhum distúrbio de saúde.
Sair do dentista ouvindo a recomendação de voltar só dali a um ano.
Lembrar detalhes de um sonho bom.
Praia com mar de cartão-postal.
Festa boa.
A luz voltar.
Biografias bem-escritas de personalidades interessantes.
A vibrante pulsação de um show ao vivo.
Um dinheiro extra que você não estava esperando.
Beijo.

Conversar longamente com sua melhor amiga. Tomando um vinho, melhor ainda.

Ter concluído satisfatoriamente todas as pendências da semana.

Seu time fazer o gol decisivo no último minuto – é preciso sofrer um pouquinho na vida.

Coca-Cola. Bombom. Pão com manteiga. Queijo.

Chorar de rir.

Quitar uma dívida.

Uma noite bem dormida.

Uma consulta altamente proveitosa na terapia.

Seu cachorro de estimação. Seu gato aninhado em seu colo.

Um corrupto que não conseguiu se safar.

Vaga pra estacionar bem em frente de onde você desejava ir.

Bicicleta.

Identificar suas próprias pequenas felicidades e, mesmo nem tudo dando certo, gostar da vida que leva.

9 de setembro de 2012

Admitir o fracasso

Eu estava dentro do carro em frente à escola da minha filha, aguardando a aula dela terminar. A rua é bastante congestionada no final da manhã. Foi então que uma mulher chegou e começou a manobrar para estacionar o carro numa vaga ainda livre. Reparei que seu carro era grande para o tamanho da vaga, mas, vá saber, talvez ela fosse craque em baliza. Tentou entrar de ré, não conseguiu. Tentou de novo, e de novo não conseguiu. E de novo. E de novo. Por pouco não raspou a lataria do carro da frente, e deu umas batidinhas no de trás que eu vi. Não fazia calor, mas ela suava, passava a mão na testa, ou seja, estava entregando a alma para tentar acomodar sua caminhonete numa vaga que, visivelmente, não servia. Ou, se servisse, haveria de deixá-la entalada e com muita dificuldade de sair dali depois. Pensei: como é difícil admitir um fracasso e partir para outra.

Para quem está de fora, é mais fácil perceber quando uma insistência vai dar em nada – e já não estou falando apenas em estacionar carros em vagas minúsculas, mas em situações variadas em que o "de novo, de novo, de novo" só consegue fazer com que a pessoa perca tempo. Tudo conspira contra, mas a criatura teima na perseguição do seu intento, pois não é do seu feitio fracassar.

Ora, seria do feitio de quem?

Todas as nossas iniciativas pressupõem um resultado favorável. Ninguém entra de antemão numa fria: acreditamos que nossas atitudes serão compreendidas, que nosso trabalho trará bom resultado, que nossos esforços serão valorizados. Só que às vezes não são. E nem é por maldade alheia, simplesmente a gente dimensionou mal o tamanho do desafio. Achamos que daríamos conta e não demos. Tentamos, e não rolou. "De novo!", ordenamos a nós mesmos – e, ok, até vale insistir um pouquinho. Só que nada. Outra vez, e nada. Até quando perseverar? No fundo, intuímos rapidinho que algo não vai dar certo, mas é incômodo reconhecer um fracasso, ainda mais hoje em dia, em que o sucesso anda sendo superfaturado por todo mundo. Só eu vou me dar mal? Nada disso. De novo!

Desista. É a melhor coisa que se pode fazer quando não se consegue encaixar um sonho em um lugar determinado. Se nada de positivo vem desse empenho todo, reconheça: você fez uma escolha errada. Aprender alemão talvez não seja para sua cachola. Entrar naquela saia vai ser impossível. Seu namorado não vai deixar de ser mulherengo, está no genoma dele. Você irá partir para a oitava tentativa de fertilização? Adote. E em vez de alemão, tente aprender espanhol. Troque a saia apertada por um vestido soltinho. Invista em alguém que enxergue a vida do seu mesmo modo, que tenha afinidades com seu jeito de ser. Admitir um fracasso não é o fim do mundo. É apenas a oportunidade que você se dá de estacionar seu carro numa vaga mais ampla e que está logo ali em frente, disponível.

7 de abril de 2013

Quando eu estiver louco, se afaste

Há que se respeitar quem sofre de depressão, distimia, bipolaridade e demais transtornos psíquicos que afetam parte da população. Muitos desses pacientes recorrem à ajuda psicanalítica e se medicam a fim de minimizar os efeitos desastrosos que respingam em suas relações profissionais e pessoais. Conseguem tornar, assim, mais tranquila a convivência.

Mas tem um grupo que está longe de ser doente: são os que simplesmente se autointitulam "difíceis" com o propósito de facilitar para o lado deles. São os temperamentais que não estão seriamente comprometidos por uma disfunção psíquica – ao menos, não que se saiba, já que não possuem diagnóstico. São morrinhas, apenas. Seja por alguma insegurança trazida da infância, ou por narcisismo crônico, ou ainda por terem herdado um gênio desgraçado, se decretam "difíceis" e quem estiver por perto que se adapte. Que vida mole, não?

Tem uma música bonita do Skank que começa dizendo: "Quando eu estiver triste, simplesmente me abrace/Quando eu estiver louco, subitamente se afaste/quando eu estiver fogo/suavemente se encaixe...". A letra é poética, sem dúvida, mas é o melô do folgado. Você é obrigada a reagir conforme o humor da criatura.

Antigamente, quando uma amiga, um namorado ou um parente declarava-se uma pessoa difícil, eu relevava. Ora, estava previamente explicada a razão de o infeliz entornar o caldo, promover discussões, criar briga do nada, encasquetar com besteira. Era alguém difícil, coitado. E teve a gentileza de avisar antes. Como não perdoar?

Já fui muito boazinha, lembro bem.

Hoje em dia, se alguém chegar perto de mim avisando "sou uma pessoa difícil", desejo sorte e desapareço em três segundos. Já gastei minha cota de paciência com esses difíceis que utilizam seu temperamento infantil e autocentrado como álibi para passar por cima dos sentimentos dos outros feito um trator, sem ligar a mínima se estão magoando – e claro que esses "outros" são seus afetos mais íntimos, pois com amigos e conhecidos eles são uns doces, a tal "dificuldade" que lhes caracteriza some como num passe de mágica. Onde foi parar o ogro que estava aqui?

Chega-se numa etapa da vida em que ser misericordioso cansa. Se a pessoa é difícil, é porque está se levando a sério demais. Será que já não tem idade para controlar seu egocentrismo? Se não controla, é porque não está muito interessada em investir em suas relações. Já que ficam loucos a torto e direito, só nos resta nos afastar mesmo. E investir em pessoas alegres, educadas, divertidas e que não desperdiçam nosso tempo com draminhas repetitivos, dos quais já se conhece o final: sempre sobra para nós, os fáceis.

14 de abril de 2013

Simples, fácil e comum

Tenho mergulhado numa questão que parece prosaica, mas é de importância vital para melhor conduzirmos os dias: por que as pessoas rejeitam aquilo que é simples, fácil e comum?

O mundo evolui através de conexões reais: relacionamentos amorosos, relacionamentos profissionais e relacionamentos familiares – basicamente. É através deles que nos enriquecemos, que nossos sonhos são atingidos e que o viver bem é alcançado. No entanto, como nos atrapalhamos com essas relações. Tornamos tudo mais difícil do que o necessário. Estabelecemos um modo de viver que privilegia o complicado em detrimento do que é simples. Talvez porque o simples nos pareça frívolo. Quem disse?

Não temos controle sobre o que pode dar errado, e muita coisa dá: a reação negativa diante dos nossos esforços, o cancelamento de projetos, o desamor, as inundações, as doenças, a falta de dinheiro, as limitações da velhice, o que mais? Sempre há mais.

Então, justamente por essa longa lista de adversidades que podem ocorrer, torna-se obrigatório facilitar o que depende de nós. É uma ilusão achar que pareceremos sábios e sedutores se nossa vida for um nó cego. Fala-se muito em inteligência emocional, mas poucos discutem o seu oposto: a burrice emocional, que faz com que tantos façam escolhas estapafúrdias a fim de que pelo menos sua estranheza seja reconhecida.

O simples, o fácil e o comum. Você sabe do que se trata, mas não custa lembrar.

Ser objetivo e dizer a verdade, em vez de fazer misteriozinhos que só travam a comunicação. Investir no básico (a casa, a alimentação, o trabalho, o estudo) em vez de torrar as economias em extravagâncias que não sedimentam nada. Tratar bem as pessoas, dando-lhes crédito, em vez de brigar à toa. Saber pedir desculpas, esclarecer mal-entendidos e limpar o caminho para o convívio, ao invés de morrer abraçado ao próprio orgulho. Não gastar seu tempo com causas perdidas. Unir-se a pessoas do bem.

Informar-se previamente sobre o que o aguarda, seja um novo projeto, uma viagem, um concurso público, uma entrevista – preparar-se não tira o gostinho da aventura, só potencializa sua realização.

Se você sabe que não vai mudar de ideia, diga logo sim ou não, para que enrolar? Cuide do seu amor. Não dê corda para quem você não deseja por perto. Procure ajuda quando precisar. Não chegue atrasado. E não se envergonhe de gostar do que todos gostam: optar por caminhos espinhentos às vezes serve apenas para forçar uma vitimização. O mundo já é cruel o suficiente para ainda procurarmos confusão e chatice por conta própria. Há outras maneiras de aparecer.

Temos escolha. De todos os tipos. As boas escolhas são alardeadas. As más escolhas são mais secretas e, por isso, confundidas com autenticidade, fica a impressão de que dificultar a própria vida fará com que o cidadão mereça uma medalha de honra ao mérito ao final da jornada. Se você acredita mesmo que o desgaste honra a existência, depois não venha reclamar por ter virado o super-herói de um gibi que ninguém lê.

14 de abril de 2013

O sabor da vida

Dois anos atrás tive o prazer de ser entrevistada pelo chef Claude Troisgros, e lembro de que o encontro foi divertido e ao mesmo tempo inusitado para mim, já que minha relação com as caçarolas sempre foi de intimidade zero. Pois agora recebi o convite da Neka Menna Barreto para uma entrevista para a tevê que também ocorreria durante o preparativo de alguns quitutes. Minha intimidade com as caçarolas segue a mesma, porém sou amiga da família da Neka há muitos anos, todos gaúchos. Só que meu contato com ela, por ser moradora de São Paulo, era mais restrito. Finalmente, equalizamos essa distância da melhor forma possível: com um bom papo na cozinha.

Quanto mais me aproximo desse universo que desconheço, mais me dou conta do quanto perco por não saber cozinhar. Conversando com a Neka, percebi a filosofia envolvida no processo – ao menos no processo dela, que usa sua colher de pau como uma espécie de varinha de condão, transformando em mágica cada receita aparentemente prosaica.

Neka é uma chef que escolheu a vida como principal ingrediente – não a industrializada, mas a vida em sua origem, em sua raiz. Seu talento está não apenas na criteriosa escolha dos ingredientes, mas na maneira de pensar sobre o que está fazendo e de explorar todas as sensações envolvidas. Ela perfuma a cozinha com infusões de hortelã, "acorda" as sementes, encontra conexões entre rusticidade e sabor – de tudo Neka extrai um conceito. Cada alimento traz em si um benefício para a memória, para o humor, para a concentração. Ralar uma noz-moscada nos ensina a reconhecer limites. Triturar um bastão de canela fortalece os bíceps. Dissecar uma vagem seca de baunilha desperta a sensualidade – se você tem acesso à Neka, peça para ela contar os efeitos de esconder um galhinho de baunilha dentro do sutiã. Segundo ela, a mulher para instantaneamente de falar sobre si mesma e, silenciosa, passa a ser quem é. Viajandona? Pode ser, mas descobri com ela que o tempero que faz viajar é outro.

Para quem só se interessa pelo concreto da vida, nada disso faz o menor sentido, porém é justamente sobre sentidos que se está falando aqui. Do amor que há em manusear tâmaras e nozes picadas, da energia que as ervas emanam, da estupidez de se consumir um prato megacalórico e depois passar uma tarde inteira digerindo-o. "Gastamos muito tempo com digestão, quando poderíamos estar caminhando mais, dançando, flanando, vivendo até os 100 anos com leveza".

Neka é uma alquimista de personalidade única. Tudo nela é inspirador, desde seus turbantes coloridos até seus pontos de vista. "Estamos nos acostumando com soluções instantâneas, enviando e-mails que chegam em Tóquio em um segundo, comprando comida pronta. Ninguém mais prepara, ninguém mais espera. Se vejo alguém muito agitado, correndo atrás do relógio, recomendo: cozinhe e recupere a noção do tempo real".

Não bastasse a delícia de suas criações gastronômicas, a querida Nekinha também é craque em dar receitas para nossas almas desnutridas.

28 de abril de 2013

A mesa da cozinha

A mesa da cozinha é o local sagrado das conversas durante a madrugada, quando os irmãos chegam da balada com fissura por um gole de Coca-Cola e com histórias saindo pela boca: com quem ficaram ou não ficaram, o trajeto que fizeram para driblar a blitz, o preço da cerveja, e aí as amenidades evoluem para a filosofia, a necessidade de extrair da vida uma essência, a tentativa de escapar da insignificância, até que o dia começa a clarear e o cansaço avisa que é hora de ir para a cama.

Para alguns casais, a mesa da cozinha já serviu de cama, aliás.

A mesa da cozinha ouviu confissões de amigas que juraram guardar segredo, mas não conseguiram. O amante, a traição, a culpa, o nunca mais. A mesa escuta e não espalha, reconhece a inocência das fraquezas alheias e se sente honrada por ser confidente de tantas vidas.

A mesa da cozinha escutou o que os convidados não comentaram na sala, viu estranhos abrirem a geladeira atrás de algo mais substancial que canapés, suportou o peso de quem resolveu sentar sobre ela para fumar um cigarro antes de voltar para o burburinho da festa.

A mesa da cozinha já foi cenário de toda espécie de solidão.

Mas também de encontros. Viu o casal de namorados preparar, sem receita, seu primeiro salmão ao molho de manga, viu o menino nervoso abrir sua primeira garrafa de vinho para uma menina não menos nervosa, viu um beijo secreto entre primos cuja família comemorava o Natal em torno da árvore, viu o marido se declarar para a esposa viciada em grifes ao surpreendê-la com um simples avental amarrado em torno da cintura.

A mesa da cozinha viu a mãe esquentar a primeira mamadeira às três da manhã, com cara de sono e felicidade. E o pai da criança, a caminho da área de serviço, segurando uma fralda suja com expressão de nojo, mas também de orgulho.

A mesa da cozinha viu a funcionária sentar no banquinho e, durante uma trégua entre um suflê e um pavê exigido pela patroa, acariciar sua primeira carteira de trabalho.

A mesa da cozinha viu o cachorro xeretar a lata de lixo e o gato lamber os restos que sobraram na louça do jantar.

A mesa da cozinha viu a dona da casa tentar escrever um diário, coisas que ela sente e não tem com quem dividir, a não ser com a luz amarelada do abajur.

A mesa da cozinha testemunhou lágrimas que foram secadas com o pano de prato. A mesa da cozinha possui manchas que contam histórias. A mesa da cozinha tem um pé frouxo que ninguém se lembra de aparafusar. A mesa da cozinha já amparou carteados, velas acesas em dia de temporal, cinzeiros abarrotados, a roupa passada e dobrada antes de ir para as gavetas.

A mesa da cozinha viu tudo.

26 de maio de 2013

Amor-próprio

A beleza que não se repara

Dizem que a preferência nacional mudou: agora o mulherio tem que se preocupar em colocar dentro do sutiã dois exocets que podem até matar, com um movimento brusco, um homem descuidado. Ok, estou dando uma de despeitada, mas é que acho engraçado o seio feminino ter entrado na moda como se fosse uma pulseira de miçangas: virou mais um acessório de verão.

Desde que começou essa patrulha pelo corpo perfeito, as mulheres não fazem outra coisa a não ser pensar em suas bundas e peitos, como se isso bastasse para dar a elas passe livre no mundo das lindas. No entanto, o corpo humano é feito de outros pedaços, outros recantos que são tão ou mais importantes que os objetos do desejo consagrados pela opinião pública. A mulher destaca-se é no imperceptível.

Tornozelos, por exemplo. Que mulher vai marcar consulta no Pitanguy para afinar seu tornozelo? Pois deveria. Tornozelo grosso é o nosso inimigo número 1. Não há sandália Gucci que disfarce. A mulher fica com passo de elefantinho. Duas toras acabam com a graça de qualquer caminhar.

Ombros. Alguém entra na faca para modelá-los? Deveria, de novo. Nada é mais bonito do que o formato cabide. A omoplata bem visível. Ombro caído só fica charmoso nas musas de Modigliani. Louvado seja o ângulo reto com o pescoço.

Postura. Costas retas e queixo erguido. Básico do básico. Corrige-se em casa mesmo. Mulheres corcundas carregam o mundo nas costas e dão a impressão de não estar à vontade onde estão.

Dentes. Visitas periódicas ao dentista, escovação no mínimo três vezes ao dia e fio dental onde ele realmente deve ser usado, entre os incisivos, caninos, pré-molares e molares. Não adianta ter a boca da Julia Roberts se lá dentro as coisas andam de dar medo. Diga giz e seja feliz.

Cabelos. Uma pesquisa realizada pela Universidade de Yale revelou que nossas melenas são determinantes para a manutenção do humor e da autoestima, e me admiro de eles terem investido tempo e dinheiro para descobrir algo que todo mundo sabe: cabelo reina. Podemos ter sobrancelha rala, orelhas de abano, o olhar levemente estrábico, o nariz adunco: com um cabelo bem tratado, o resto é coadjuvação.

Não há nada de errado em lipoaspirar culotes e encomendar seios novos na clínica da esquina, mas que não se faça isso apenas por impulso do erotismo. Mulher não é boneca inflável, não foi feita só para o sexo. Vai parecer insanidade, e talvez seja, mas acho que ser elegante vale mais do que ser gostosa: todas nós temos no próprio corpo algo que é clássico e é nosso. É só valorizar e lançar como tendência para o próximo verão.

19 de março de 2000

Pais e filhas

Toda mãe quer uma filha mulher para se projetar, para trocar com ela confidências e repartir os segredos da vaidade feminina. Todo pai quer um filho homem para se projetar, para torná-lo parceiro no seu esporte preferido e deixar de herança sua sabedoria e talvez sua profissão. É uma análise não totalmente incorreta, mas bem preguiçosa. Por trás dos estereótipos estão mães e filhos com uma cumplicidade que ultrapassa a diferença dos sexos, e pais e filhas unidos pela atração mútua. Só que mães e filhos sempre vivenciaram a intimidade. Pais e filhas, nem sempre.

Estou invadindo o terreno da psicologia porque li outro dia uma reportagem que tentava decifrar um dos mistérios do universo feminino: como uma mulher gordinha, baixinha, bem normalzinha, pode ter mais sex appeal do que uma lindona com um corpo fenomenal? Sim, senhores, meteram o pai nesta história.

Confiança em si mesma, autoestima e segurança em relação à própria sexualidade não estão relacionados com altura, peso e medida da cintura. Atraímos os outros não quando tiramos a roupa, mas quando tiramos a membrana que muitas costumam usar para impedir as pessoas de se aproximarem. Acreditamos que esta membrana irá nos proteger de algum possível fiasco amoroso, de alguma possível rejeição. Vestimos esta membrana, ou a despimos, por vários motivos, e o relacionamento com o pai é um deles.

Para quem nasceu na primeira metade do século XX, a imagem de um pai que toque, que beije, que abrace, que elogie, que penteie os cabelos da filha e a tire para dançar, tudo isso é pura ficção. Os pais eram distantes e havia muitas coisas que impediam a aproximação física e a sedução metafórica. As garotas não se sentiam "desejadas" pelo primeiro homem de suas vidas, e o segundo, o marido, é que tinha que segurar as consequências.

Hoje pais e filhas exercem seu amor sem reservas. Não existe mais aquela hierarquia paterna que só permitia carinho (breve e discreto) na hora do parabéns a você e no dia que a filha era levada ao altar. Hoje ambos agarram-se pela cintura, enchem-se de beijos e olham-se direto nos olhos, repletos de admiração e de uma amizade infinita. Hoje é o dia destes pais, os pais de hoje. Pais que estão ajudando a colocar no mundo meninas com mais amor-próprio e menos encucadas, e que se tornarão mulheres mais aptas para seduzir através do olhar e da atitude, dependendo menos de artifícios. Mulheres que saberão enfrentar com menos trauma as rejeições e amar muito melhor.

Agosto de 2000

Elogios

— Você tem um sorriso lindo.

Eu tinha 14 anos quando ouvi isso de um cara que tinha 16 e não era irmão nem primo. Sorriso lindo, eu? Passei um mês inteiro sorrindo para o espelho do banheiro. E quanto mais eu analisava meu sorriso, mais certeza eu tinha: aquele guri estava de molecagem comigo. Ainda bem que eu não caí na armadilha. Quando ele me disse "você tem um sorriso lindo", eu, em vez de dizer "obrigada", disse "bem capaz". Não sou trouxa.

Triplamente trouxa: é o que fui por anos a fio. Não aceitava elogio nenhum. Era como se todos estivessem conspirando para me fazer de boba. Se eu simplesmente agradecesse, estaria atestando que aquele elogio era verdadeiro e merecido, e este seria o primeiro passo para eu me transformar numa presunçosa. Deus me livre.

Pois outro dia testemunhei uma cena exatamente assim, uma mulher recebendo um elogio maravilhoso e totalmente sincero, só que ela ficou sem graça e desandou a dizer frases como: "Eu? Imagina! Tá de gozação?".

Por que os outros estariam de gozação? Mesmo que você tenha uma verruga enorme na ponta do nariz e seus dois olhos não se movimentem na mesma direção, quem disse que você não é linda para alguém?

Por essas e outras que a autoestima tem que ser desenvolvida desde cedo. Nada de ser carrasco consigo próprio. Todo mundo tem alguma coisa do que se orgulhar. Se você não sabe o que, pergunte aos seus pais que eles sabem. Bom pai e boa mãe são aqueles que abastecem os filhos de elogios entre uma bronca e outra. E a gente tem que acreditar na boa-fé deles, nada de achar que eles estão sendo ligeiramente parciais. Se eles dizem que você é o melhor filho do mundo, é o que você é e não se discute mais isso.

Mas para tudo há uma contrapartida: não vá ficar se achando. Nada de abandonar a modéstia e a humildade. Se um amigo elogia seu gosto musical, evite passar a tarde fazendo o infeliz escutar todos os discos que você tem. Se alguém elogia sua boa forma física, não precisa retribuir fazendo abdominais no meio da sala. Se sua amiga elogia sua torta de maçã, não insista para que ela coma quatro fatias. Diga apenas obrigada e sorria com seu sorriso lindo.

14 de dezembro de 2003

A mulher invisível

Eu estava na sala de embarque esperando a chamada do voo. Havia gente demais e poucas cadeiras disponíveis, tive sorte de conseguir uma. Enquanto lia uma revista, reparei de soslaio um senhor se aproximando com duas bagagens de mão. Era um homem grande. Extra large. Veio se aproximando e ao mesmo tempo virando o corpo de costas. Que estranho... Então ele parou bem onde eu estava. Continuava de costas. Repare no perigo iminente da situação. Não houve muito tempo para reagir. Antes que eu pudesse raciocinar, o corpo dele começou a se flexionar em minha direção, e eu tive que aceitar humildemente: ele iria sentar em cima de mim. Uma cena de desenho animado: eu me encolhendo na cadeira enquanto aquelas nádegas gigantescas estavam prestes a me espremer. Com a única mão livre que me restava – a outra segurava a revista – espalmei seu bundão e disse com um fiapo de voz: senhor, senhor, tem gente.

Ele virou a cabeça e: oh, me desculpe, senhorita (foi perdoado na mesma hora por causa do "senhorita") e foi acomodar-se uns três assentos adiante, que para alegria geral, estava vazio. Escapei por um triz de virar mingau em pleno Galeão.

Você pode não acreditar, mas isso aconteceu de verdade, tenho várias testemunhas. Aliás, que gente educada:

ninguém riu. Diante da discrição de todos, tranquei o riso também, o que me requereu certo esforço, pois a vontade que eu tinha era de, às gargalhadas, bater na coxa da mulher ao lado e dizer: já viu isso, criatura?

Rindo apenas por dentro, festejei ser uma pessoa com a autoestima em dia, pois outra, com menos apego por si mesma, ficaria arrasada ao descobrir-se invisível. Porque foi como me senti: invisível. O sonho de muita gente. E o terror de tantos outros.

Já me senti invisível em algumas ocasiões ao longo da vida. Voltando no tempo, me pego invisível em festas, invisível à mesa do jantar, invisível na sala de aula. Uma sensação incômoda de estar ali, mas ninguém levar em conta sua presença. Você fala, ninguém escuta. É vista, mas não percebida. E ao ir embora, ninguém dá por sua falta. Com você, nunca?

Em outros momentos da vida, eu daria tudo para estar invisível, mas não tive a sorte. Como da vez em que engasguei com risco de morte no início de um jantar com Silvia Pfeifer, a quem mal conhecia. Inesquecível: eu já meio azul e aquela mulher linda de três metros de altura correndo atrás de mim pelo restaurante lotado, batendo com força nas minhas costas. E nas vezes – inúmeras – em que não lembrei o nome de conhecidos na hora de autografar um livro. Essa é clássica.

Desaparecer em momentos estratégicos deve ser bom. Creio que descobri como se faz. Naquele dia, no aeroporto, eu devia estar tão entretida com meus pensamentos que acionei algum mecanismo que me invisibilizou. Só pode ter sido isso. O senhor grandão não parecia ter problemas oftalmológicos ou neurológicos. Devia, ele também, estar com a cabeça longe, desaparecido para si mesmo, e resolveu sentar em qualquer lugar. No meu colo, o que o impedia?

Moral da história: preste atenção. Mesmo onde você enxerga um vazio, pode ter gente dentro.

8 de janeiro de 2006

O cartão

Eu tinha 17 anos e era louca por um cara com quem trocava olhares, não mais que isso. Ele era o legítimo "muita areia para o meu caminhão" e jamais acreditei que pudesse vir a se interessar por mim, o que me deixava ainda mais apaixonada, claro. Mulher adora um amor impossível. Então chegou o dia do meu aniversário. No final da manhã eu estava em casa, contando os minutos para uma festa que daria à noite, quando a empregada apareceu com um cartão nas mãos, dizendo que o zelador o tinha encontrado embaixo da porta do prédio. Abri e fiquei azul, verde, laranja: era dele. Corri para o telefone e liguei para a minha melhor amiga. "Que trote bobo, você quase me mata de susto, pensa que não sei que foi você que escreveu o cartão?" Ela jurou por todos os santos que não. Liguei para outra amiga. "A letra é igual a sua, eu sei que foi você!" Não tinha sido. Liguei para outra: "Você acha que eu vou acreditar que um cara lindo que nunca me disse bom dia veio até aqui largar um cartão amoroso desses?" Ela me recomendou terapia. Bom, diante de tantas negativas, só me restou pensar: "Outra hora eu descubro quem é que está tirando uma comigo". E esqueci o assunto.

Semanas depois estava caminhando na rua quando encontrei o dito cujo. Ele resmungou um oi, eu devolvi outro oi, e então ele perguntou se eu havia recebido o cartão de aniversário. Minha pressão caiu, minhas pernas fraquejaram, eu só pensava: mas que idiota eu fui. O que iria responder? "Recebi, mas jamais passaria pela minha cabeça que um homem espetacular como você, que pode ter a mulher que escolher, fosse entrar numa papelaria, comprar um cartão, escrever um texto caprichado, depois descobrir meu endereço e então pegar o carro, ir até a minha rua, colocar o envelope embaixo da porta feito um ladrão, e aí voltar para casa e aguardar meu telefonema. Olhe bem para mim, eu não mereço tanto empenho."

Respondi: "Que cartão?".

Ele soltou um "deixa pra lá" e foi embora se sentindo o mais esnobado dos homens. E assim terminou uma linda história de amor que nunca começou. Anos depois nos encontramos casualmente e tivemos um rapidíssimo affair, mais aí já não éramos os mesmos, não havia clima, ficamos juntos apenas para ver como teria sido se. Vimos. E não escutamos sinos, não fomos flechados pelo Cupido. Cada um voltou para a sua vida e nunca mais tivemos notícia um do outro.

Contei essa história para um amigo outro dia e ele comentou que conhecia outras mulheres assim. Epa, assim como? Ora, assim medrosa, desconfiada, temendo pagar micos diante da vulnerabilidade que toda paixão provoca. Ele estava certo. Era assim mesmo que eu me sentia aos 17 anos: medrosa e incapaz de levar um grande amor adiante. Quando recebi o tal cartão, deveria ter ligado imediatamente para o meu príncipe encantado para agradecer e convidá-lo para a festa.

E se ele tivesse dito: "Que cartão?".

Eu responderia: "Deixa pra lá, mas venha à festa assim mesmo". E então eu assumiria as consequências, não importa quais fossem. O nomezinho disso: vida. É sempre uma incógnita, portanto não vale a pena tentar fugir das decepções ou dos êxtases, eles nos assaltarão onde estivermos. Se você for uma garota boba como eu fui, acorde. Ninguém é muita areia pra ninguém. Pessoas aparentemente especiais se apaixonam por outras aparentemente banais e isso não é um trote, não é uma pegadinha, não é nada além do que é: um inesperado presente da vida, que todos nós merecemos.

5 de fevereiro de 2006

Testes

Dia desses resolvi fazer um teste proposto por um site da internet. O nome do teste era tentador: "O que Freud diria de você". Uau. Eu me interesso em saber até o que o vendedor de picolé pensa sobre mim, imagina Freud. Respondi corretamente a todas as perguntas e o resultado foi o seguinte: "Os acontecimentos da sua infância a marcaram até os 12 anos, depois disso você buscou conhecimento intelectual para seu amadurecimento". Perfeito! Foi exatamente o que aconteceu comigo. Fiquei radiante: eu havia realizado uma consulta paranormal com o pai da psicanálise, e ele acertou na mosca.

Só que eu estava com tempo sobrando, e curiosidade é algo que não me falta, então resolvi voltar ao teste e responder tudo diferente do que havia respondido antes. Marquei umas alternativas esdrúxulas, que nada tinham a ver com minha personalidade. E fui conferir o resultado, que dizia o seguinte: "Os acontecimentos da sua infância a marcaram até os 12 anos, depois disso você buscou conhecimento intelectual para seu amadurecimento".

Muito engraçado.

De que adianta tanto "amadurecimento intelectual" se a gente se deixa empolgar por testezinhos muquiranas da internet? Desliguei o computador me sentindo a otária do século e fui fazer qualquer outra coisa para esquecer o pequeno incidente. Mas não esqueci. E, juntando um neurônio com o outro, me veio a luz. É isso! Não importa como vivi meus primeiros anos, quais foram as minhas reações diante do sucesso e do fracasso, quanto de carinho recebi ou não recebi de meus pais, se era popular ou se só colecionei frustrações na escola. A verdade estava gritando na minha frente: os acontecimentos da infância marcam A TODOS até os 12 anos de idade (ou 13, ou 14) e depois disso TODOS buscam conhecimento intelectual para amadurecer.

Ou seja, o teste estava corretíssimo. As respostas podiam variar de pessoa para pessoa que pouco importava. A vida não é original, ela é repetitiva, e até Sartre, que não era psicanalista, matou a charada quando disse "não importa o que fizeram com você, importa é o que você fez do que fizeram com você". Em outras palavras: depois dos 12, chega de se lamentar. Vá buscar conhecimento para estruturar sua felicidade.

Ou os caras que bolaram o teste são mesmo um bando de gozadores ou são gênios. Tendo mais de 12 anos de idade, escolha você o resultado que mais lhe convém.

8 de novembro de 2006

Ela

Se você não tem problemas com a sua, levante as mãos para o céu e pare agora mesmo de reclamar da vida. O que são algumas dívidas para pagar, um celular sempre sem bateria, um final de semana chuvoso? Chatices, mas dá-se um jeito. Nela não. Nela não dá-se um jeito. Para eliminá-la, prometemos cortar bebidas alcoólicas, prometemos fazer mil abdominais por dia, mas ela não acusa o golpe, segue com sua saliência irritante. A gente caminha, corre, sobe escada, desce escada, vibra quando nosso intestino está bem regulado, cumprindo suas funções à perfeição, mas ela não se faz de rogada, mantém-se firme onde está. "Mantém-se firme" é força de expressão. Ela é tudo, menos firme. Você sabe de quem estou falando.

Ela é uma praga masculina e feminina. Os homens também sofrem, mas aprendem a conviver com ela: entregam os pontos e vão em frente, encarando a situação como uma contingência do destino. As mulheres, não. Mulheres são guerreiras, lutam com todas as armas que têm. Algumas ficam sem respirar para encolhê-la, chegam a ficar azuis. Outras vão para a mesa de cirurgia e ordenam que o médico sugue a desgraçada com umbigo e tudo. Mas passa-se um tempo e ela volta, a desaforada sempre volta.

Quem não tem a sua? Eu conto quem: umas poucas sortudas com menos de 15 anos. Umas poucas malucas que acordam, almoçam e jantam na academia. Algumas mais malucas ainda que não almoçam nem jantam. As que nasceram com crédito pré-aprovado com Deus. E aquelas que nunca engravidaram, lógico.

As que ignoram totalmente sobre o que estou falando são poucas, não lotariam uma sala de cinema. Já as que sabem muito bem quem é a protagonista desta crônica (pois alojam a infeliz no próprio corpo) povoam o resto da cidade, estão por toda parte. Batas disfarçam, vestidinhos disfarçam, biquínis colocam tudo a perder.

Nem todas a possuem enorme. Cruzes, não. Às vezes é apenas uma protuberância, uma coisinha de nada, na horizontal nem se repara. Aliás, mulheres acordam mais bem-humoradas do que os homens porque de manhã cedo somos todas magras. Todas tábuas. Todas retas. Passam-se as primeiras horas, no entanto, e a lei da gravidade surge para dar bom dia. Lá se vai nosso humor.

Falam muito de celulite. Falam de seios, de traseiros, de rugas, de pés grandes, de falta de cintura, de caspa, de tornozelos grossos, de orelhas de abano, de narizes desproporcionais, de ombros caídos, de muita coisa caída. Temos uma possibilidade infinita de defeitos. Mas ela é que nos tira do prumo. Ela é que compromete nossa silhueta. Ela é que arrasa com a nossa elegância. Ela. Nem ouso pronunciar seu nome. Você sabe bem quem. Se não sabe, sorte sua: é porque não tem.

21 de janeiro de 2007

Balançando estruturas

Uma amiga minha vive dizendo que odeia amarelo, que prefere tomar cianureto a usar uma roupa amarela. Quem a conhece já a ouviu dizer isso mil vezes, inclusive seu namorado. Pois uns dias atrás ela me contou que esse seu namorado chegou em sua casa e, mesmo os dois estando há uma semana sem se ver, brigaram nos primeiros cinco minutos de conversa e ele foi embora. "Mas o que aconteceu?", perguntei. "Eu sei lá", me respondeu ela. "Estávamos morrendo de saudades um do outro, mas começamos a discutir por causa de uma bobagem". Eu: "Que bobagem?". Então ela me disse: "Você não vai acreditar, mas ele ficou desconcertado por eu estar usando uma camiseta amarela".

Ora, ora. Era a oportunidade para eu utilizar meus dons de psicóloga de fundo de quintal. Perguntei para minha amiga: "Quer saber o que eu acho?". A irresponsável respondeu: "Quero". Mal sabia ela que eu recém havia assistido a uma palestra sobre as armadilhas da tão prestigiada estabilidade. Arregacei as mangas e mandei ver.

Você está namorando o cara há pouco tempo. Sabemos como funcionam esses primeiros encontros. Cada um vai fornecendo informações para o outro: eu adoro rock, eu tenho alergia a frutos do mar, tenho um irmão com quem não me dou bem, prefiro campo em vez de praia, não gosto de teatro, jamais vou ter uma moto, não uso roupa amarela. A gente então vai guardando cada uma dessas frases num baú imaginário, como se fosse um pequeno tesouro. São os dados secretos de um novo alguém que acaba de entrar em nossa vida. Assim vamos construindo a relação com certa intimidade e segurança, até que um belo dia nosso amor propaga as maravilhas de uma peça de teatro que acabou de assistir, ou sugere vinte dias de férias numa praia deserta, ou usa uma roupa amarela. Pô, como é que dá para confiar numa criatura dessas?

Pois dá. Aliás, é mais confiável uma criatura dessas do que aquela que se algemou em meia dúzia de "verdades" inabaláveis, que não muda jamais de opinião, que registrou em cartório sua lista de aversões. Vale para essas bobagens de roupa amarela e praia deserta, e vale também para coisas mais sérias, como posicionamentos sobre o amor e o trabalho. Mudanças não significam fragilidade de caráter. É preciso ter uma certa flexibilidade para evoluir e se divertir com a vida. Mais ainda: essa flexibilidade é fundamental para manter nossa integridade, por mais contraditório que pareça. Me vieram agora à mente os altos edifícios que são construídos em cidades propensas a terremotos, que mantêm em sua estrutura um componente que permite que eles se movam durante o abalo. Um edifício que balança. Com que propósito? Justamente para não vir abaixo. Se ele não se flexibilizar, a estrutura pode ruir.

O fato de transgredirmos nossas próprias regras só demonstra que estamos conscientes de que a cada dia aprendemos um pouco mais, ou desaprendemos um pouco mais, o que também é amadurecer. Não estamos congelados em vida. Podemos mudar de ideia, podemos nos reapresentar ao mundo, podemos nos olhar no espelho de manhã e dizer: bom dia, muito prazer. Ninguém precisa ficar desconcertado diante de alguém que se desconstrói às vezes.

Eu também não gosto de roupa amarela. Quem abrir meu armário vai encontrar basicamente peças brancas, pretas, cinzas e em algumas tonalidades de verde. No entanto, hoje de manhã saí com um casaco amarelo canário! Tenho há mais de dez anos e quase nunca usei. Pois hoje saí com ele para dar uma volta e retornei para casa sendo a mesmíssima pessoa, apenas um pouco mais alegre por ter me sentido diferente de mim mesma, o que é vital uma vez ao dia.

11 de novembro de 2007

Grisalha? Não, obrigada

Certa vez, por ocasião do Dia dos Pais, escrevi uma crônica chamada "A dignidade do grisalho", defendendo que os homens deveriam pensar muito antes de pintar o cabelo, já que o grisalho lhes dava muito mais credibilidade, charme e juventude – isso mesmo, juventude. Citei Giorgio Armani como um desses garotos.

Em contraponto, disse que entendia perfeitamente que mulheres pintassem o cabelo, já que em nós o grisalho passa uma ideia de relaxamento e raramente nos cai bem.

Pois descubro que um dos livros mais comentados por aí tem sido *Meus cabelos estão ficando brancos, mas eu me sinto cada vez mais poderosa*, da americana Anne Kreamer, que, depois de extensa pesquisa de campo, defende que as mulheres não perdem nada em manterem suas melenas ao natural.

Anne defende que ficar grisalha é um ato político, de afirmação. Uma outra espécie de vaidade, muito mais honesta. Com suas mechas acinzentadas, as mulheres, como os homens, também ganham mais credibilidade, charme e, por que não, até juventude. Todos sabem: cabelos escuros, depois de uma certa idade, endurecem o semblante – e eu, que sou praticamente uma índia, não quero escutar mais nada: vou terminar de escrever esta crônica e ir para cama chorar.

Ou seja, aquele truque de ficar loira para não ficar velha estaria com os dias contados. Nem loira, nem ruiva, nem castanha, nem índia Sioux. Grisalha. É essa a verdadeira mulher moderna, de atitude.

Conceitualmente, concordo com tudo. Menos com a generalização. Que mulher é essa que só tem a ganhar? Qualquer uma de nós? Calma aí.

Recentemente estive no teatro e vi uma mulher com os cabelos curtos e grisalhos. O rosto dela era igual ao da Jacqueline Bisset nos áureos tempos. Tinha quase dois metros de altura, era magérrima e superestilosa. Ela não precisava de cabelo nenhum, podia ter um balde em cima da cabeça e continuaria um deslumbre. Mas para a mulher comum, que não chega a medir 1metro e 65cm, que não tem corpo de modelo nem um guarda-roupa estiloso e ainda por cima quer manter os cabelos compridinhos, assumir a grisalhice é um homicídio qualificado contra si mesma.

A autora do livro condena a busca por uma aparência mais jovem. Concordo que não devemos entrar nessa neura: cada uma de nós pode ser atraente na idade que tiver. Mas o livro trata todas as pró-tinturas como mulheres patéticas que querem ter 18 anos para sempre. Nunca é levantada a hipótese de desejarmos apenas ter uma relação cordial com nosso espelho, nos mirar sem ter vontade de gritar.

O assunto não é sério, mas totalmente trivial também não. Que mulher, em pleno gozo das suas faculdades mentais, diria que não dá a mínima para o cabelo? Eu, por enquanto, nem penso em cirurgias, botox ou preenchimentos, tenho pânico só de pensar em escarafunchar meu rosto – não que eu não precisasse –, mas me acusar de não ter atitude porque passo um tonalizantezinho de nada já é querer humilhar. Tenho atitude, sim, principalmente a atitude de pegar o telefone e marcar hora no cabeleireiro. Quem fala que isso é perder tempo não sabe que bela companhia é um livro enquanto a tintura age. Leve um bom livro para o salão e ganhe cultura enquanto "perde tempo".

Um cabelo branco, todinho branco, e bem curtinho, acho um charme total. Funciona porque branco é cor. Grisalho é o quê? Cansaço.

6 de janeiro de 2008

Os olhos da cara

Recentemente participei de um evento profissional só para o público feminino. Era um bate-papo com uma plateia composta de umas 250 mulheres de todas as raças, credos e idades. Principalmente idades. Lá pelas tantas fui questionada sobre a minha, e, como não me envergonho dela, respondi. Foi um momento inesquecível. A plateia inteira fez um "Oooohh" de descrédito. E quando eu disse que, até aqui, ainda não enfiei uma única agulha no rosto ou no corpo, foi mais emocionante ainda: "Ooooooooooooooooohhhhhh". Aí tive um pensamento debochado: puxa, estou neste auditório há quase uma hora exibindo minha incrível e sensacional inteligência, e a única coisa que provocou uma reação calorosa na mulherada foi o fato de eu não aparentar a idade que tenho. Onde é que nós estamos?

Onde não sei, mas estamos correndo atrás de algo caquético chamado "juventude eterna". Estão todos em busca da reversão do tempo, e com sucesso: quanto mais ele passa, mais moços ficamos. Ok, acho ótimo, porque decrepitude também não é meu sonho de consumo, mas cirurgias estéticas não dão conta desse assunto sozinhas. Há um outro truque que faz com que continuemos a ser chamadas de senhoritas mesmo em idade avançada. A fonte da juventude chama-se mudança. Eu sei disso, você sabe, e a escritora Betty Milan também, tanto que enfatizou essa frase em seu mais recente livro, *Quando Paris cintila*. De fato, quem é escravo da repetição está condenado a virar cadáver antes da hora. A única maneira de sermos idosos sem envelhecer é não nos opormos a novos comportamentos, é ter disposição para guinadas. É assim que se morre jovem, sem precisar repetir o destino de James Dean ou de Marilyn Monroe. Eu pretendo morrer jovem aos 120 anos.

Mudança, o que vem a ser tal coisa?

Minha mãe recentemente se mudou do apartamento em que morou a vida toda para um bem menorzinho. Teve que vender e doar mais da metade dos móveis e tranqueiras que havia guardado e, mesmo tendo feito isso com certa dor, ao conquistar uma vida mais compacta e simplificada, rejuvenesceu. Uma amiga casada há 38 anos cansou das galinhagens do marido e o mandou passear, sem temer ficar sozinha aos 65 anos de idade. Rejuvenesceu. Uma outra cansou da pauleira urbana e trocou um ótimo emprego em Porto Alegre por um não tão bom, só que em Florianópolis, onde ela caminha na beira da praia todas as manhãs. Rejuvenesceu.

Toda mudança cobra um alto preço emocional. Antes de tomar uma decisão difícil, e durante a tomada, chora-se muito, os questionamentos são inúmeros, a vida se desestabiliza. Mas então chega o depois, a coisa feita, e aí a recompensa fica escancarada na face.

Mudanças fazem milagres por nossos olhos, e é no olhar que se percebe a tal juventude eterna. Um olhar opaco pode ser puxado e repuxado por um cirurgião a ponto de as rugas sumirem, só que continuará opaco, porque não existe plástica que resgate seu brilho. Quem dá brilho ao nosso olhar é a vida que a gente optou por levar. Um olhar iluminado, vivo e sagaz impede que a pessoa envelheça. Olhe-se no espelho. Você tem um olhar de quem estaria disposta a cometer loucuras? Tem que ter.

E aí pode abrir o jogo, contar a verdade: tenho 39, 46, 57, 78 anos! Ooooooohhhhh. Uma guria.

1º de junho de 2008

Mulheres na pressão

Camille Paglia, em recente entrevista, disse que as mulheres andam tão estressadas que muitos homens desistem da ideia de casar, e para ilustrar esse ritmo frenético que estamos vivendo, pergunta: alguém lembra de ter tido uma avó agitada?

Vamos por partes. De fato, ninguém teve uma avó agitada, era outra época e elas se instalavam muito confortavelmente no papel de guardiãs da família. Talvez fossem mulheres plenamente realizadas ou diabolicamente frustradas, quem vai saber? Mas agitadas, não eram mesmo, o que pode ser uma bênção ou uma condenação. A pergunta que devolvo: alguma mulher hoje gostaria de reproduzir a vida que sua avó teve?

No entanto, concordo quando Camille Paglia diz que as mulheres andam estressadas demais, ainda que eu não acredite nessa história de que os homens estão desistindo de casar: todos nós, homens e mulheres, sonhamos em ter uma relação estável e bacana. Mas para isso acontecer, não pode haver competitividade, e talvez seja essa a razão do nosso stress: estamos competindo bobamente com os homens, infantilmente com nossas avós e estupidamente com nós mesmas. Ainda desejamos provar para o mundo o quanto podemos.

Claro que as mulheres podem tudo, está sacramentado. Mas será que devemos querer tudo? Onde foi parar nosso critério de seleção? Já não sabemos distinguir o que é prioridade e o que pode ficar em segundo plano: tudo virou prioridade. E só uma mulher supersônica consegue ter eficiência absoluta em todos os quesitos: melhor mãe, melhor amiga, melhor filha, melhor namorada, melhor esposa, melhor profissional, melhor dona de casa e melhor bunda. É morte por exaustão na certa.
Eu proponho, nesse dia internacional da mulher, que a gente dê uma folga para nós mesmas. Vamos mudar de assunto. Que se pare de falar de mulheres que conseguiram engravidar aos 57 anos, que perderam 30 quilos em duas semanas, que beijaram 28 caras em duas noites de carnaval, que aprenderam a ganhar dinheiro sem sair de casa, que visitaram 46 países nos últimos 10 anos, que sobreviveram a tragédias, que conseguiram dominar as melenas, que são executivas completas, que possuem duas centenas de sapatos, que três semanas depois de se separar já estão felizes nos braços de outro, que preparam um risoto de funghi em 10 minutos, que têm disposição para rolar no chão com os filhos, que assistiram a todos os filmes em cartaz, que aparentam ter 15 anos menos, que exibem uma barriga de tanquinho um mês depois de parir, que lembram trechos inteiros dos clássicos que leram na época da faculdade, que superaram traumas, que arranjam tempo para fazer pilates, ioga, musculação e drenagem linfática. Dá orgulho, eu sei, mas é uma competência e uma autopromoção que beira o irreal.

Estou com saudades de ler e ouvir sobre as adoráveis qualidades dos homens. Eles merecem voltar a ser valorizados em seus atributos. Isso ajudaria a reduzir nosso stress. Com menos holofotes em nossa direção, deixaremos de nos cobrar tanto e recuperaremos um pouco da paz de nossas avós.

8 de março de 2009

As incríveis Hulk

Você nunca cogitou fazer cirurgia nos seios, nem para aumentá-los, nem para reduzi-los, pois está satisfeita com eles do jeito que são e não sente necessidade de transformar nada, ainda mais que já atingiu meio século de existência. Mas uma transformação ocorreu à sua revelia. Eles aumentaram um pouquinho de tamanho. Você não está grávida, naturalmente. Aconteceu. E, pensando bem, ficaram mais bonitos. E mais pesados, um perigo. Mas a vida segue.

  Um dia você está no trabalho e sente um desconforto. Não entende bem a razão. Quando chega em casa, sente a compulsão de tirar o sutiã. Anda pela casa com tudo solto. Seu marido acha que você está tendo uma recaída hippie, mas deixe-o pensar o que quiser. Consigo mesma, você dialoga: será que andei comprando um número menor do que costumo usar? Passam as semanas e de novo a sensação de aperto. Não consegue mais atravessar o dia inteiro de sutiã, mesmo usando alguns muito confortáveis. Secretamente, você começa a usar os seus sutiãs mais puídos, aqueles que já estão meio folgados. Só diante da promessa de uma noite de amor é que troca por um belo sutiã de renda bem justo, e na hora em que ele é aberto pelo felizardo com quem divide os lençóis, você solta um gemido de prazer antes da hora.

Hum. Tem alguma coisa estranha aí.

Você descobre o que é no dia em que recebe de presente uma camiseta de manga comprida. Tamanho médio, não tem erro, você usa o tamanho médio desde os 15 anos. Você a veste e está tudo ok, ela escorrega pelo tórax e tem o cumprimento ideal. Se você for como eu, vai sair com o presente já no mesmo dia em que o recebeu. Sou do tipo que compra uma roupa numa loja e saio usando, não espero ocasiões especiais. Então, você usa a camiseta que ganhou no mesmo dia também, até que, durante o encontro com as amigas à tardinha, sente uma compressão no bíceps, igualzinho a quando seu marido a agarra enciumado para levá-la embora da festa. Na hora de erguer o braço para fazer um brinde, tem a impressão que a camiseta rasgará na altura da axila. Quando chega em casa, mal consegue despi-la, parece uma roupa de neoprene, você se sente um surfista que acabou de sair do mar. Ao conseguir, depois de dez minutos, se desfazer da camiseta, seus braços quase falam e agradecem: obrigada por nos devolver a circulação do sangue.

Calma. Pense. Você não está mais gorda. Alguém pode explicar?

Lamento ser portadora de más notícias: você alargou, apenas isso. Segue linda, mas seus braços não são mais aqueles dois gravetos de antigamente e suas costas não fazem mais os marmanjos suspirarem cada vez que usa frente única. Os ombros pontiagudos, outrora tão elegantes, deram uma arredondada. Enfim, o tempo fez um preenchimento por conta própria no que antes era naturalmente delgado. Nada grave. Não tome nenhuma providência, pois isso não se resolve com dieta nem cirurgia. É o efeito colateral de continuar viva e saudável – não queria ter morrido esquelética aos 40, queria? Aumente a numeração do sutiã e siga vivendo como se nada estivesse acontecendo.

Mas, por cautela, reforce todas as costuras.

25 de novembro de 2012

Família
e
outros afetos

Vovó é uma uva

A palavra avó nos remete à infância, quando passávamos o domingo numa casa cheirando à comida, com toalhinhas de crochê decorando todos os ambientes e um quarto sempre na penumbra, com móveis de madeira maciça e uma enorme cadeira de balanço, onde cochilava a matriarca. Parece com a casa da sua avó também? Pois guarde esta imagem na lembrança, pois ela não se reproduzirá tão cedo. Já não se fazem mais avós como antigamente.

Os estereótipos não são criados do nada: as avós eram assim mesmo, de cabelo branco e óculos pendurados no nariz. Toda família que se preze teve sua Dona Benta, e a imagem é tão forte que até hoje os comerciais de tevê insistem em caracterizar as vovós como senhoras idosas, rechonchudas, com aventais amarrados na cintura, cabelos presos num coque e aquele ar de quem não faz outra coisa na vida a não ser torta de amoras. E os avôs? Seja na televisão ou no rádio, todos têm voz de Papai Noel, enquanto, na realidade, os avôs da nova era estão mais para Mick Jagger, que aliás, já tem um neto. Acorde: os avós de hoje não lembram mais das canções de ninar, mas sabem de cor a letra de Satisfaction.

Quer dizer que o lobo mau conseguiu engolir nossa vovozinha? As que usavam touquinha e tinham voz rouca foram papadas, sim, meus pêsames. Mas olhe agora, o que vemos? Avós de jeans, dirigindo jipes, cabelo pintado, óculos escuros. Avós que trabalham, que viajam, que dão festas, que namoram. Avós que fazem lipo, aeróbica, jogam vôlei na praia e suspiram não pelo Sean Connery, mas pelo Richard Gere. Será que elas sabem pregar um botão? Não custa tentar, mas se a empreitada der errado, não complique. Ela terá o maior prazer em levar a netinha para comprar uma roupa nova no shopping. E o almoço de domingo? Também mudou. As avós de hoje não andam dispostas a engordar nem um grama com macarronadas familiares e muito menos a quebrar suas garras vermelhas lavando panelas. Que tal um buffet frio, muita água mineral e salada de frutas? Combinado, ela entra com a água.

 Netos e netas, não se sintam desamparados. As avós de hoje são muito mais participantes. Podem não lembrar direito das histórias de Gulliver e do Gato de Botas, mas têm histórias pessoais tão encantadoras quanto. São mais divertidas e menos preconceituosas. Têm mais saúde e disposição para enfrentar parques, teatrinhos, zoológicos. E o fato de buscarem a eterna juventude não lhes tirou um pingo do afeto que sentem pela terceira geração. Ao contrário: nunca vi tantas avós apaixonadas por seus netos. É um amor enorme, desinteressado, sem o ônus do compromisso, só do prazer. Sempre foi assim, mas agora há um fator novo: hoje as mulheres têm menos filhos, e em consequência, menos netos. Antigamente a família era gigantesca, e não havia memória que chegasse para lembrar o nome de toda a criançada. Hoje são só dois ou três, dá até para providenciar um mini-hotelzinho em casa para hospedá-los no final de semana. Tem mais: o limite de idade para engravidar foi muito ampliado, e hoje uma mulher pode ser mãe e avó quase ao mesmo tempo, encurtando as diferenças entre uma e outra. Se por um lado estamos perdendo a imagem romântica da avó que cozinha, faz tricô e tem roseiras no quintal, por outro estamos ganhando uma avó bonitona, que tem o maior orgulho ao falar dos netos para as amigas e que sempre estará disposta a nos dar um colo. Desde que esteja com uma roupa que não amasse, claro.

O amor, que é o que interessa, não mudou. Mas mudaram as avós. Danuza Leão, Baby Consuelo, Constanza Pascolato e tantas outras mulheres que falam gíria, bebem cerveja e estão sempre prontas para uma novidade são avós tanto quanto as nossas saudosas velhinhas de casaquinho nos ombros. Atrizes que foram capa da Playboy e tantas outras gatas da tevê também já têm filhos adolescentes que não tardarão a procriar. Passarão, como toda mulher, pela menopausa, pela osteoporose e por outros distúrbios da idade, mas certamente não aceitarão o papel de uma avó caseira, bordadeira e sem outra ambição que não seja cuidar dos netos. Sempre se disse que a avó era uma segunda mãe. Pois ela nunca esteve tão parecida com a primeira.

Novembro de 1995

Verdades e mentiras sobre as mães

Mãe é mãe: mentira. Mãe foi mãe, mas faz um tempão. Agora mãe é jogadora de basquete, é top model, é atriz, é celebridade. Mãe, além disso, é pediatra, cozinheira, lavadeira, psicóloga, motorista. Também é política, tirana, ditadora, não tem outro jeito. Mãe é pai. Sustenta a casa, fuma charuto e está jogando um bolão. Mãe é irmã: empresta as roupas, vai a shows de rock e disputa namorado com a filha. Mãe é avó: pode ter um neto da mesma idade que seu filho. Mãe é deputada, é sem-terra, é destaque em escola de samba, é guarda de trânsito, é campeã de jiu-jitsu. Só não é santa, casta e pura, a não ser que você acredite em milagres. Mãe foi mãe, agora é mãe também.

Mãe é uma só: mentira. Todas as crianças que têm uma avó presente e participativa, de certa forma, têm duas mães. Empregadas que vivem na casa da família desde o nascimento até o casamento da garotada também merecem o título de mães de criação. Hoje foram substituídas por babás que, mesmo sem criarem os laços afetivos de antigamente, continuam sendo de uma ajuda valiosa. Uma médica que salve uma vida, uma fisioterapeuta que corrija uma deficiência, uma advogada que liberte um inocente, todas são um pouco mãe. A própria Camille Paglia, que conhece o instinto materno só de fotografia, admitiu numa entrevista que lecionar não deixa de ser uma forma de exercer a maternidade. O certo seria: mãe, todos têm pelo menos uma.

Ser mãe é padecer no paraíso: mentira.
Que paraíso, cara-pálida? Paraíso é o Taiti, a Grécia, Bora-Bora, onde criança não entra. Estamos falando da vida real, que é ótima muitas vezes, e aborrecida quase sempre. Quanto a padecer, bobagem. Tem coisas muito piores do que acordar de madrugada no inverno para amamentar o bebê, trocar fraldas e fazer arrotar. Por exemplo? Ficar de madrugada esperando o filho adolescente voltar da festa de um amigo que você nunca ouviu falar, num sítio que você não tem a mínima ideia onde fica.

Maternidade, missão de toda mulher: mentira.
Maternidade não é serviço militar obrigatório. Deus nos deu um útero, mas o diabo nos deu poder de escolha. Filhos, melhor não tê-los, mas se não os temos, como sabê-los? Vinícius de Moraes, que era homem, tinha as mesmas dúvidas. Não tê-los não é o problema, o problema é descartar essa experiência. Eu prefiro não deixar nada pendente para a próxima encarnação e estou vivendo tudo o que acho que vale a pena nesta vida mesmo. Porém, acredito que uma mulher pode ser perfeitamente feliz sem ter filhos, assim como uma mãe padrão, dessas que têm seis crianças agarradas no avental, pode ser feliz sem nunca ter conhecido Londres, sem nunca ter dado um mergulho no mar, sem nunca ter lido um livro. É difícil, mas acontece.

Mamãe eu quero: verdade.

Você pode não querer ser uma, mas não conheço ninguém que não queira a sua.

Maio de 1996

Parabéns pra você

Ser mãe é padecer no paraíso. Quem criou esta frase foi uma mãe, lógico. A questão é: onde estava ela em momento tão inspirado? Esquentando mamadeira às quatro da manhã? Limpando o pudim que o filho deixou cair no tapete felpudo? Arrisco um palpite: ela estava organizando um aniversário de criança.

Quando eu era menininha, pouco tempo atrás, aniversário era uma coisa simples. Alguns convidados, um bolo, velinhas, bala de goma, brigadeiro, cachorro-quente. As crianças brincavam, depois cantavam o parabéns, tiravam fotos e estava festejado. Era assim com pobres e ricos, não havia grandes variações.

Mas todos sabem do que é capaz a imaginação humana. Aniversário de criança, hoje, requer a contratação de um serviço de cerimonial. Exagero? Então me acompanhe.

O bolo sumiu. Não existe mais bolo de aniversário, e sim umas caixas de isopor enormes, que podem representar tanto um estádio de futebol como a floresta da Pocahontas. Você sabe: aniversário de criança tem que ter "motivo". Branca de Neve, Cavaleiros do Zodíaco, Mamonas. No meu tempo, o motivo era a gente ter nascido naquele dia.

Velinha também virou peça de museu. Agora acendem uns palitos que podem até cegar o aniversariante. Ninguém assopra, apenas torce-se para que não exploda.

Lembra de jujuba, confete, delicado? Esqueça. Quanto mais chique o aniversário, menos porcaria. Bastam duas caixas de Bis e aqueles chicletes que têm uma gosma dentro. Você é do tempo em que as crianças comiam nas festinhas? Nossa, como você é antiga.

Mais importante do que o bolo que não existe e as velinhas que ninguém assopra é a recreacionista que todos veneram. Merecem ser canonizadas. Vestir-se de Minnie e enfrentar a pirralhada não é vocação: é chamado de Deus. Mas elas também sabem ser malvadas. Colocam a criançada em fila e pintam suas mãozinhas e bochechas com uma mistura de cola e purpurina que só sai esfregando com força na roupinha nova.

É hora do balão surpresa, uma brincadeira suicida. Cerca de 500 crianças amontoam-se embaixo de um balão que, ao ser estourado, deixa cair meia dúzia de balas de hortelã. Arranhões, mordidas, bofetadas. Parece o auditório do Sílvio Santos no Topa Tudo por Dinheiro.

Por que elas não brincam no jardim? Não faça essa pergunta se não quiser revelar sua idade. Play, salões de festa, casas de aluguel, tudo com bastante concreto, assim é que é. Atualize-se.

E ao encerrar o evento, mais uma modernice: a famigerada lembrancinha. As crianças só participam da festa porque sabem que no final receberão uma recompensa por terem comparecido. Ao chegar, elas já intimam a mãe do aniversariante: vai ter lembrancinha? Dependendo da resposta, voltam para casa. Educação suíça.

Por que suportamos tudo caladas? Porque mãe é sinônimo de sacrifício, entrega, benemerência. Porque só se é criança uma vez e chegará o dia em que, em vez de festa, eles vão querer a parte deles em dinheiro. Esse dia já chegou para você? Do fundo do coração, parabéns.

Março de 1997

Cordão umbilical

As mães não são mais as mesmas. Foi-se a época em que dedicavam 100% do seu tempo e do seu pensamento às crianças: hoje se preocupam com seu trabalho, com sua aparência, com sua vida afetiva, e também com os filhos. O amor é o mesmo, mas aliviou o grude. Tempos modernos. Antes todo mundo ficava embaixo do mesmo teto, ou da mesma árvore no quintal. Ninguém saía da quadra onde morava, e os olhos maternos funcionavam como radares eletrônicos. Nada escapava.

Hoje escapam todos. As mães saem para um lado e os filhos para outro. Elas vão para o escritório, o shopping, o ateliê, o restaurante. Eles vão para aulas de natação, colégio, casas de amigos, cinemas. Mães e filhos mal se veem, mesmo morando juntos. No entanto, uma coisa os manterá eternamente ligados, substituindo o cordão umbilical: o telefone.

A Embratel tem muito a agradecer às mães, pois elas praticamente sustentam o serviço. Mães ligam todos os dias para seus filhos, incluindo finais de semana e feriados. Não há um único dia em que elas não tenham algo para nos lembrar.

Filho, não esqueça de buscar o laptop na casa do seu irmão. Filha, não esqueça de ligar para tia Antônia para agradecer o presente. Filho, não esqueça da sua sinusite, marque uma hora no médico. Filha, não esqueça de me trazer o livro assim que terminar. Filho, não esqueça de usar camisinha. Filha, não esqueça de cortar o cabelo, sua franja está no nariz. Filho, não esqueça do que aconteceu com o deputado, maneire no cigarro. Filha, não esqueça do que aconteceu com a Silvinha, olho no teu marido.

Mães ligam no sábado para convidar para o almoço. Mães ligam no domingo para saber se a lasanha não estava muito salgada. Mães ligam na segunda para dizer que já estão com saudades. Mães ligam na terça agradecendo a gente ter passado lá. Mães ligam na quarta para comentar a novela. Mães ligam na quinta para avisar que vão a um vernissage. Mães ligam na sexta para falar mal dos quadros. Mães ligam no sábado para recomeçar.

Os filhos se queixam? Todos. Faz parte do programa. Eles reclamam que a mãe pega no pé, que é onipresente, que não dá folga, mas se ela fica 24 horas sem dar sinal de vida, eles chamam os bombeiros, a brigada, o Ecco Salva: descubram onde está mamãe!

Eu falo com a minha mãe dia sim, outro também. Se ela não liga, eu ligo. O assunto? Trivial requentado, e está ótimo assim. Mãe pode fazer papel de padre, de psiquiatra, de irmã, de filha, mas se sai bem mesmo é no papel de mãe, atenta e presente, mesmo quando longe. Trabalhem, caríssimas mães, festeiem, viajem, namorem, estudem, caminhem, divirtam-se. Maternidade não é tudo. Mas continuem ligando para saber se a gente chegou bem em casa.

Maio de 1998

O mundo não é maternal

É bom ter mãe quando se é criança, e também é bom quando se é adulto. Quando se é adolescente a gente pensa que viveria melhor sem ela, mas é erro de cálculo. Mãe é bom em qualquer idade. Sem ela, ficamos órfãos de tudo, já que o mundo lá fora não é nem um pouco maternal conosco.

O mundo não se importa se estamos desagasalhados e passando fome. Não liga se virarmos a noite na rua, não dá a mínima se estamos acompanhados por maus elementos. O mundo quer defender o seu, não o nosso.

O mundo quer que a gente fique horas no telefone, torrando dinheiro. Quer que a gente case logo e compre um apartamento que vai nos deixar endividados por vinte anos. O mundo quer que a gente ande na moda, que a gente troque de carro, que a gente tenha boa aparência e estoure o cartão de crédito. Mãe também quer que a gente tenha boa aparência, mas está mais preocupada com o nosso banho, com os nossos dentes e nossos ouvidos, com a nossa limpeza interna: não quer que a gente se drogue, que a gente fume, que a gente beba.

O mundo nos olha superficialmente. Não consegue enxergar através. Não detecta nossa tristeza, nosso queixo que treme, nosso abatimento. O mundo quer que sejamos lindos, fortes e vitoriosos para enfeitar ele próprio, como se fôssemos objetos de decoração do planeta. O mundo não tira nossa febre, não penteia nosso cabelo, não oferece um pedaço de bolo feito em casa.

O mundo quer nosso voto, mas não quer atender nossas necessidades. O mundo, quando não concorda com a gente, nos pune, nos rotula, nos exclui. O mundo não tem doçura, não tem paciência, não nos ouve. O mundo pergunta quantos eletrodomésticos temos em casa e qual é o nosso grau de instrução, mas não sabe nada dos nossos medos de infância, das nossas notas no colégio, de como foi duro arranjar o primeiro emprego. Para o mundo, quem menos corre, voa. Quem não se comunica se trumbica. Quem com ferro fere, com ferro será ferido. O mundo não quer saber de indivíduos, e sim de slogans e estatísticas.

Mãe é de outro mundo. É emocionalmente incorreta: exclusivista, parcial, metida, brigona, insistente, dramática, chega a ser até corruptível se oferecermos em troca alguma atenção. Sofre no lugar da gente, se preocupa com detalhes e tenta adivinhar todas as nossas vontades, enquanto o mundo propriamente dito exige eficiência máxima, seleciona os mais bem-dotados e cobra caro pelo seu tempo. Mãe é de graça.

Maio de 2000

Sugestões de presente

Natal é um estresse, admita. Lojas superlotadas, um calor do inferno, você gastando o que tem e o que não tem. Por isso resolvi dar uma mãozinha, preparando uma lista de sugestões de presentes que você pode providenciar hoje mesmo a um custo zero.

Para sua irmã: diga uma vez na vida que você acha ela lindíssima. Confesse que foi você que manchou a blusa dela e prometa, em troca, emprestar sua mochila favorita. Faça melhor: arrume o quarto daquela bagunceira.

Para seu primo: perdoe aquela dívida. O cara é um duro. Você também é, mas pode se dar ao luxo de ter um coração mole em datas festivas.

Para seu pai: chame-o para uma conversa, diga a ele o quanto você o ama, o quanto reconhece o esforço que ele fez por você. E vá com ele ao Aeroclube ver aquela exposição de aviões de guerra, ele te convida desde que você tem cinco anos de idade.

Para sua mãe: peça desculpas por aquela dramatização barata que você fez no sábado, com direito a histeria e portas batendo, tudo porque ela não te compreende. Aí aceite a sugestão que ela deu para organizar a prateleira do banheiro. E, por último, dê uma carona pra ela até a casa da sua tia e surpreenda-a dizendo: "Vou entrar para dar um beijo no pessoal, estou com saudades de uma reunião familiar".

Para seu marido: pergunte o que ele prefere comer na noite de Natal. Peça para ele sugerir um local para vocês tirarem uns dias de descanso. Deixe-o escolher a lingerie para você. Ache ótima a ideia de fazer um churrasco para a turma do futebol. Enfim, dê ao amor da sua vida a oportunidade rara de ter suas opiniões aceitas.

Para sua esposa: diga que ela está magra e parece ter dez anos menos. Diga que se você tivesse a chance de voltar no tempo, era com ela que casaria de novo. Enfrente o shopping com ela sem olhar uma única vez para o relógio. E quando passarem por um espelho, repita: "Mas você está magra mesmo".

Para o colega de trabalho, a empregada, o zelador: idem. Incentivo, força, carinho. O melhor presente é demonstrar o que a gente sente.

Dezembro de 2000

A sogra do meu marido

Dizem que sogra implica com nora e mima demais o genro. Que sogra faz intriga, se mete na vida do casal e que só falta colocar um colchão na sala e ficar para morar. Que sogra fala demais. E se não fala, aí é que é mais perigosa. Que sogra parece que adivinha o horário mais inconveniente para telefonar. Isso foi o que eu ouvi dizer, pois minha experiência no assunto é zero. Não tive sogra. A única sogra que eu conheço é a do meu marido. A sogra do meu marido desmente todos os clichês acima relacionados. Ela é a pessoa mais discreta que eu conheço. Nunca deu palpite sobre a vida íntima do genro nem da mulher dele, a não ser nas vezes em que foi convocada a dar sua opinião. Dizem que sogra é abusada. Pois a do meu marido só abusa no tato e no respeito. Nunca apareceu sem avisar, nunca se escalou para finais de semana, nunca abriu panelas e xeretou o tempero. Ao mesmo tempo, não é visita: é gente da casa. Sempre soube ser bem-vinda.

A sogra do meu marido é alegre e vaidosa. Nunca foi vista de pijama, roupão, rolo no cabelo e outras alegorias que os chargistas adoram vestir nas sogras. Ela gosta de música, discute cinema, dá presentes bons e elogios rasgados. Sorri muito e torna qualquer ambiente agradável. Cara fechada não é com ela.

A sogra do meu marido cozinha para si mesma, é independente e não reclama da vida. Aceita caronas com relutância, pois gosta de dirigir seu próprio carro e ainda mais de andar a pé. E quando recebe em sua casa, é sempre uma festa. Prepara os pratos que o pessoal mais gosta, põe uma mesa de dar gosto, deixa todo mundo à vontade. É uma mãe para todos, uma mulher para ela mesma e uma "sogra" para ninguém.

Além disso, a sogra do meu marido é a melhor avó que uma criança poderia sonhar. Conta histórias mais originais que as de Harry Potter, inventa brincadeiras engraçadas, está disponível para aventuras e é boa de abraçar.

Alguém já escreveu que todo homem detesta a própria sogra porque ela antecipa o que a sua mulher provavelmente se tornará. Se é mesmo verdade que as sogras são todas ranzinzas e intrometidas, então estes caras estão mesmo numa sinuca. Eu prefiro achar que as sogras de hoje são criativas, divertidas e amorosas, e sabem muito bem estar por perto sem sufocar ninguém, até porque elas têm mais o que fazer da vida. Isso se elas forem como a sogra do meu marido, em quem um dia pretendo me espelhar.

Maio de 2001

Nossos velhos

Pais heróis e mães rainhas do lar. Passamos boa parte da nossa existência cultivando estes estereótipos. Até que um dia o pai herói começa a passar o tempo todo sentado, resmunga baixinho e puxa uns assuntos sem pé nem cabeça. A rainha do lar começa a ter dificuldade de concluir as frases e dá pra implicar com a empregada. O que papai e mamãe fizeram para caducar de uma hora para outra? Fizeram 80 anos. Nossos pais envelhecem. Ninguém havia nos preparado para isso. Um belo dia eles perdem o garbo, ficam mais vulneráveis e adquirem umas manias bobas. Estão cansados de cuidar dos outros e de servir de exemplo: agora chegou a vez de eles serem cuidados e mimados por nós, nem que para isso recorram a uma chantagenzinha emocional. Têm muita quilometragem rodada e sabem tudo, e o que não sabem eles inventam. Não fazem mais planos a longo prazo, agora dedicam-se a pequenas aventuras, como comer escondido tudo o que o médico proibiu. Estão com manchas na pele. Ficam tristes de repente. Mas não estão caducos: caducos ficam os filhos, que relutam em aceitar o ciclo da vida.

É complicado aceitar que nossos heróis e rainhas já não estão no controle da situação. Estão frágeis e um pouco esquecidos, têm este direito, mas seguimos exigindo deles a energia de uma usina. Não admitimos suas fraquezas, seu desânimo. Ficamos irritados se eles se atrapalham com o celular e ainda temos a cara de pau de corrigi-los quando usam expressões em desuso: calça de brim? frege? auto de praça?

Em vez de aceitarmos com serenidade o fato de que as pessoas adotam um ritmo mais lento com o passar dos anos, simplesmente ficamos irritados por eles terem traído nossa confiança, a confiança de que seriam indestrutíveis como os super-heróis. Provocamos discussões inúteis e os enervamos com nossa insistência para que tudo siga como sempre foi.

Essa nossa intolerância só pode ser medo. Medo de perdê-los, e medo de perdermos a nós mesmos, medo de também deixarmos de ser lúcidos e joviais. É uma enrascada essa tal de passagem do tempo. Nos ensinam a tirar proveito de cada etapa da vida, mas é difícil aceitar as etapas dos outros, ainda mais quando os outros são papai e mamãe, nossos alicerces, aqueles para quem sempre podíamos voltar, e que agora estão dando sinais de que um dia irão partir sem nós.

13 de abril de 2003

Carta ao João Pedro

João, você nasceu mais pequeninho do que o esperado, mas em breve vai ser do tamanho do teu pai, meu irmão, e você já reparou como ele é grande? Grande em todos os sentidos, e isso é a maior sorte para quem acaba de chegar ao mundo. Em tempo: hoje é o dia dele. Com duas semanas de vida, você ainda não pode abraçá-lo, mas vai ter muito tempo – e motivo – pra isso.

Bem-vindo, aqui é o teu lugar. É bastante espaçoso, ainda que as pessoas costumem sair pouco do próprio bairro. Tem muita beleza e muita miséria, e já é bom ir se acostumando com as contradições, porque é o que mais há. Tem gente que nos diz não, mas faz isso para nosso bem, e tem gente que só nos diz sim, mas faz isso mais por preguiça do que por amor. Em alguns dias ensolarados, você se sentirá inesperadamente triste, e alguns temporais vão trazer a você muita esperança. Certas pessoas têm uma aparência decente e altiva, mas são ocos por dentro – e podem até ser maus – enquanto que outros são quietos, discretos, parecem não valer grande coisa e no entanto são os verdadeiros super-heróis, as tais criaturas fascinantes que tanto procuramos pela vida. Como descobrir as diferenças? Não se deixando levar por preconceitos e ideias prontas. Aproveite, João, que nada está pronto, você é que vai escrever sua história, e deste ponto onde você está, a estrada é infinita.

Tomara que você goste de futebol, porque a esta altura você já sabe em que família foi se meter. Uma ala é gremista fanática e a outra é colorada doente, não queria estar no seu lugar. Mas sempre é possível escapar para o tênis, que também tem tradição na sua árvore genealógica.

Mulheres? Você em breve vai conhecê-las nos parques, na escola, e prepare-se, elas não estão para brincadeira. São decididas e autoritárias, mas não se assuste, também sabem ser engraçadas e sedutoras, você vai ter um trabalho danado, mas não vai se queixar nem um minuto.

Parques, escolas, alimentação, educação... Infelizmente não é assim para todos, não demora você vai conhecer a palavra que mais envergonha este país: desigualdade. Uns podem, outros não podem, e isso gera uma bagunça que é bem mais séria do que um quarto desarrumado. Um país desarrumado faz muita gente sofrer, ninguém encontra nada: onde estão os escrúpulos, a dignidade, estará tudo embaixo da cama? Somem, desaparecem, e então começa um jogo de empurra, "foi ele", "não fui eu", "não sei de nada", e a bagunça só aumenta. Digo que desde já você está metido nesta história e pode ajudar, sim. Como? Guardando bem os seus valores.

Está achando que vai ser chato? Nada, João Pedro. Se você tiver bom humor e uma cabeça aberta, vai curtir música, cinema, livros, viagens, praia, aventuras, internet, sem falar em outros interesses que nem posso prever aqui, já que as coisas evoluem da noite para o dia. Só o que posso adiantar é que vai ser um pouco fácil e um pouco difícil, é assim pra todo mundo. Enquanto você se equilibra de um lado para o outro, nunca se esqueça do mais importante: divirta-se.

9 de agosto de 2005

Casa de vó

Eu faço todo o possível para respeitar a opinião e o gosto alheios. Ainda não cheguei à tolerância total, mas tenho feito progressos. Hoje consigo aceitar tranquilamente que alguém considere água tônica uma delícia ou que seja fã de chorinho. Cada um na sua. Mas preciso evoluir mais, muito mais, porque ainda fico perturbada quando alguém diz que foi passar a lua de mel na Disney. Tudo bem, é uma escolha, um direito, o que tenho a ver com isso? Ainda assim, não consigo evitar o espanto. Dois adultos apaixonados em lua de mel na Disney. Jantando com o Mickey.

Isso não significa que eu seja desprovida de espírito lúdico e de apreço à fantasia. Certa vez ouvi a Luana Piovani, num programa de tevê, dizer que a casa dos avós dela foi sua Disney. Bingo. A casa da minha avó também foi, Luana. Tinha um pequeno morro nos fundos da casa, todo gramado, que dava para outro nível do quintal. Bem no meio desse morro (deve ser um morrinho, mas a memória de uma criança não respeita proporções exatas) havia uma escada de pedras, porém a gente subia sempre pela grama, claro. Éramos treze primos fazendo trekking naquele latifúndio.

Lá em cima havia a churrasqueira e algumas árvores, mas o mais tentador era um quartinho misterioso, um depósito meio sem função, nosso QG infantil, que às vezes servia de casa de bonecas, em outras, de redação de jornal – eu tinha o topete de escrever as aventuras da família. Se os fundos da casa eram mágicos, a casa propriamente dita era nossa Neverland. Tinha lareira, tinha adega, tinha sótão. Era como estar dentro de um cenário de filme, e havia também a Lúcia, uma empregada alemã que parecia uma agente da Gestapo, nunca vi loira tão séria e retesada, mas preparava um cachorro-quente que jamais os Estados Unidos viram igual. Sério: a casa da avó da gente desbanca qualquer Epcot Center.

Hoje essas casas antigas estão sendo derrubadas para dar lugar a prédios imensos, mas mesmo dentro de um apartamento é possível existir uma "casa de vó", porque casa é só uma maneira de chamar, o que vale é o espírito do lugar, e havendo uma avó que entenda seu papel de proprietária não de um imóvel, mas de um segredo, estará garantida a magia. Casa de vó é onde a lasanha e o pastelão ganham um sabor diferente, onde os ponteiros do relógio correm mais lentos, onde os ruídos são mais audíveis, onde o teto parece mais alto, onde a luz entra mais discreta entre as persianas, onde os armários escondem roupas antigas e fundos falsos, e só isso é falso, tudo mais é verdadeiro. Casa de vó é onde os brinquedos não surgem prontos, são inventados na hora. É onde a gente encontra os restos da infância dos nossos pais. E fotos de bisavós, de tios... epa, este sujeito aqui, quem é? Acalme-se, é o namorado novo da sua avó, você achou que ela ficaria viúva para sempre? Ela é sua avó, não um matusalém.

Se as avós não são mais as mesmas de antigamente, em suas casas ainda sobrevive um encanto que não muda.

Serão sempre lugares secretos onde encontraremos um instrumento sem uso, alguns recortes de jornal, anéis coloridos, um bicho meio pulguento, uma máquina de escrever ou de costura, algo que seja estranho aos olhos de uma criança – e espaço, muito espaço para uma imaginação que não é estimulada nem na Disney nem na rotina maluca de hoje, só mesmo lá dentro, no endereço do nosso afeto mais profundo, onde tudo é permitido.

16 de julho de 2006

Pequenas crianças

O problema de sair de férias é que podemos retornar com um assunto já comentado por outros colunistas, mas vou correr o risco e dizer, eu também, que achei uma pena que o filme *Pecados íntimos* tenha merecido um título tão nada a ver. O filme não faz pré-julgamentos, e a palavra pecado já caducou. É muito provincianismo atrair bilheteria com títulos apelativos. Melhor seria dar um voto de confiança ao público, que é capaz de compreender títulos mais sutis, como o original *Little Children*. "Criancinhas" resume com perfeição o que vemos na tela.

Um homem e uma mulher se conhecem num parquinho, onde levam os respectivos filhos para brincar. Cada um está acomodado num casamento protocolar, sem alegria, sem tesão. Papo vai, papo vem, o romance entre eles começa. Além desse affair, o filme mostra também uma relação entre mãe e filho – sendo que o filho é um pedófilo recém-saído da prisão e que apavora o bairro onde vive – e o desalento de um falso moralista que tem acessos de carência dignos de um garotinho de cinco anos.

Porém, os personagens do filme não têm cinco anos. São adultos precisando lidar com seus medos e desejos, adultos cedendo a pequenas e grandes tentações, adultos fazendo escolhas sem garantia de nada.

Mais: adultos que olham por baixo da mesa para ver se o marido está acariciando as pernas da convidada do jantar. Adultos que sonham em fazer manobras radicais no skate. Adultos que tramam uma fuga romântica e deixam bilhetinhos de despedida. Adultos que acham muito natural ser monitorados pela sogra. Adultos que choram sentados no meio-fio da calçada porque se sentem traídos pelo melhor amigo.

Adultos?

Sim, adultos. Pelo menos é esse o termo usado para identificar aqueles que trabalham, que dirigem, que votam, que são responsáveis pelos seus atos e que, aparentemente, têm a cabeça no lugar.

O filme me despertou uma certa compaixão. Por mais que eu aplauda o que convencionamos chamar de "maturidade", no fundo acredito que somos, todos nós, crianças que cresceram mais em estatura do que emocionalmente, crianças que foram empurradas para o meio do palco e que precisam ter suas falas na ponta da língua, conforme foram ensaiadas desde a primeira infância. Somos homens e mulheres na segunda, terceira, quarta, quinta infância, nos apegando aos nossos parcos conhecimentos e às nossas inúteis experiências para tentar não errar demais.

Somos crianças que choram escondidas no banheiro, que tomam atitudes insensatas, que dizem o que não deveriam ter dito e que, nos momentos de desespero, gostariam de chamar um "adulto" para resolver a encrenca em nosso lugar. Mas que adulto? Deus? Ele tem mais do que se ocupar. Resta-nos chorar no meio-fio da calçada mesmo, caso não fosse um vexame.

Os maduros têm certezas. Os maduros não vacilam. Os maduros são pragmáticos. Os maduros ganham dinheiro. Os maduros assumem seus atos. Os maduros sabem o que dizer e como se comportar. Os maduros só fraquejam diante da orfandade – perder pai e mãe é perturbador em qualquer fase da vida –, mas logo reassumem o controle e seguem em frente. Não se espera outra coisa deles. Se tentarem fugir de suas responsabilidades, serão considerados pessoas instáveis e infantis. E quem tolera ser considerado infantil a esta altura?

 Então a gente presta atenção em volta, imita nossos pais e amigos, se apega a um roteiro conhecido, faz um certo teatro, tudo para que não percebam que, em silêncio e na solidão, somos apenas crianças grandes.

4 de março de 2007

As supermães e as mães normais

Minha mãe me emprestou um livro meses atrás. Chama-se *O que aprendi com minha mãe*, organizado por Cristina Ramalho, que traz 52 depoimentos de personalidades a respeito de suas gloriosas genitoras. Gloriosas mesmo. Há aquelas que criaram os filhos sem ter o que dar de comer, as que criaram sem a presença do pai, as que criaram à distância, as que criaram filhos que não nasceram do corpo delas. Mães sortidas, de tudo que é tipo e jeito. Todas heroicas, todas fascinantes, todas possuidoras de garra e ternura, todas conhecedoras de truques infalíveis para fazer seus filhos se tornarem pessoas bacanas. E eles se tornaram. Os depoimentos são de Arnaldo Jabor, Contardo Calligaris, Maria Adelaide Amaral, Marta Góes, Soninha Francine, Supla, Cleyde Yáconis e outros vitoriosos.

Ainda que não seja um livro de humor, dei algumas gargalhadas por causa dele. Não durante a leitura, que é realmente tocante, há relatos que comovem. Ri muito foi ao devolver o livro para minha mãe. Ela me perguntou: "E então, o que você achou?". Respondi: "Maravilhoso. Só que estou pensando em me atirar do décimo andar. Descobri que sou uma droga de mãe." E ela: "Me espera que vou saltar junto".

Já escrevi mais de uma crônica sobre minha mãe. Ela sabe que não tem motivos para se julgar severamente, é uma mulher singular, não há quem não a admire e adore, incluindo seus dois filhos: meu irmão e eu. Mas se um dia minhas filhas tiverem que escrever sobre mim, pobre delas. Não que eu seja uma mãe relapsa, tirana, fria e desapegada. Longe disso. Só que sou uma mãe... oh, dor... uma mãe comum.

Há quase dezesseis anos no ramo da maternidade, com duas experiências bem-sucedidas até aqui, me pergunto: o que fiz que merecesse ficar como exemplo para a posteridade? Ok, passei noites em claro, troquei muitas fraldas, levei e busquei do colégio umas três mil vezes – e ainda sigo na função. Fui a festinhas de aniversário barulhentas, passei fins de semana em pracinhas, ensinei a andar de bicicleta, levei em livrarias e cinemas, fiz vários curativos, impus limites, disse não quando era preciso e até quando não era preciso. Nada que uma mãe média também não faça.

O que elas aprenderam comigo? A devolver o que não é seu, a dizer a verdade, a ser gentil, a não depender demais dos outros, a aceitar que as pessoas não são todas iguais e que isso é bom. Nem mesmo as mães são todas iguais, contrariando o famoso ditado. Há as que se sacrificaram, as que abriram mão de sua felicidade em troca da felicidade dos filhos, as que mantiveram casamentos horrorosos para não fazê-los sofrer com um lar esfacelado, as que trabalharam insanamente para não faltar nada em casa, as que sangraram por dentro e por fora para manter a família de pé.

Eu não fiz nada disso. Por sorte, a vida não me exigiu nenhuma atitude sobre-humana. Fui e sigo sendo uma mãe bem normalzinha. Que acerta, que erra, que faz o melhor que pode. Em comum com as supermães, apenas o amor, que é sempre inesgotável. Mas medalha de honra ao mérito, não sei se mereço. Não me julgo sacrificada e tampouco sublime. Sou uma mulher que teve a sorte de ter a Julia e a Laura, uma mulher que se equilibra entre dúvidas e certezas e que consegue tirar um saldo positivo dessa adorável bagunça.

Então, deixo aqui registrado para todas as mães: feliz dia. Tanto pra você que é super quanto pra você que não é 100%, mas também faz o melhor que pode, já que o nosso melhor, por menor que seja, sempre é muito.

13 de maio de 2007

Precisamos falar sobre tudo

Li alguns livros muito bons este ano (desde os brilhantes *Homem comum*, de Philip Roth, e *Na praia*, de Ian McEwan, até a estreia promissora da carioca Maria Helena Nascimento em *Olhos baixos*), mas o que me deixou com os quatro pneus arriados foi *Precisamos falar sobre o Kevin*, de Lionel Shriver. Um livro obrigatório por inúmeras razões, mas vou tentar salientar duas ou três.

Pra começar, o tema é macabramente atual: a rotina de massacres em escolas (principalmente nos Estados Unidos) em que adolescentes matam colegas e professores sem motivo aparente. Aliás, nada é mais preguiçoso do que procurar um motivo aparente.

Talvez aí resida o melhor do livro: ele rejeita as versões oficiais, aquelas que engolimos fácil, que nos descem sem esforço. Quem narra a história é a mãe do assassino, um garoto de 16 anos que nasceu perverso por natureza, mas que chegou às raias da insanidade ao atirar premeditadamente em onze colegas escolhidos a dedo para morrer. Se fosse um livro como os outros, a mãe faria um mea-culpa choroso, dizendo que precisou trabalhar fora e com isso a educação do filho ficou descuidada. Ou iria falar sobre más influências. Ou então defender que ele foi excluído pela sociedade por ser asiático, ou negro, ou gay ou simplesmente por ser mais um deprimido, mas isso seria tão rasteiro quanto sonolento. E o livro é o oposto: é uma bofetada a cada página. Nunca gostei de apanhar, mas esse livro me nocauteou e ainda terminei dizendo "quero mais".

O relato não é condescendente com nada nem com ninguém. A mãe do garoto relembra passagens da sua alegre vida de recém-casada, da sua relutância em engravidar, do susto com o nascimento daquela criança que ela não identificava como um presente dos céus, da enorme dificuldade em contornar conflitos, da distância que surgiu entre ela e o pai do bebê e do incômodo reconhecimento de que formar uma família feliz não é tão simples como anunciam por aí. Só que a autora vai além da desconstrução do sublime. Ela desconstrói a todos nós, fazendo vir à tona nossa incompetência como controladores de voo de nossos filhos. Nossas orientações são bem-intencionadas, mas não onipotentes. Nosso amor é necessário, mas nem sempre é bem compreendido ou bem transmitido. Nossos cuidados podem ser infrutíferos, nossas palavras podem não adiantar, nossas atitudes talvez não sirvam como exemplo. Existe algo tão influente quanto tudo isso: a nossa dor interna. Ela contamina, ela comunica, ela desgraçadamente também educa – ou deseduca.

E tem ainda esta nossa sociedade doentia, que transforma qualquer ato estapafúrdio em espetáculo, que não dá chance aos invisíveis, que derruba antigos valores éticos e morais sem substituí-los por algo que valha a pena. Hoje a inversão é total: um pequeno gesto de bondade passa a ser assombroso, enquanto a violência é de casa, cotidiana.

O livro é violento não pela transcrição de cenas sanguinárias – quase não há –, mas pela brutalidade dos pensamentos e diálogos. Bruto no sentido de honesto, de trazer à tona uma verdade nua, selvagem, sem retoques. O livro é brutal porque implode as fachadas. Nada fica de pé.

O leitor que for igualmente honesto consigo mesmo, que tiver o mínimo de conhecimento psicológico, que estiver disposto a enfrentar sua fragilidade da mesma maneira que se vangloria de suas virtudes, vai acusar o golpe. Óbvio que não estamos criando assassinos em série, eles ainda são casos isolados, mas fazemos parte de uma única sociedade que precisa, sim, falar sobre o Kevin, falar sobre o João, falar sobre nossos filhos e sobre nós mesmos, entendendo por "nós" aquela parte da gente que fica entrincheirada, se recusando a fazer parte do todo. Mas que, querendo ou não, faz.

9 de dezembro de 2007

A melhor mãe do mundo

Você é. Sua vizinha também. A Maitê. A Malu. A Cláudia. Eu, naturalmente. Somos as melhores mães do mundo. Aliás, essa é a única categoria em que não há segundo lugar, todas as mães são campeãs, somos bilhões de "as melhores" espalhadas pelo planeta. Ao menos, as melhores para nossos filhos, que nunca tiveram outra.

Não é uma sorte ser considerada a melhor, mesmo se atrapalhando tanto? Mãe erra, crianças. E improvisa. Mãe não vem com manual de instruções: reage apenas aos mandamentos do coração, o que tem um inestimável valor, mas não substitui um bom planejamento estratégico. E planejamento é tudo o que uma mãe não consegue seguir, por mais que livros, revistas e psicólogos tentem nos orientar.

Um dia um exame confirma que você está grávida e a felicidade é imensa e o pânico também. Uau, vou ser responsável pela criação de um ser humano! (Papai também vai, mas em agosto a gente fala dele.) A partir daí, nunca mais a vida como era antes. Nunca mais a liberdade de sair pelo mundo sem dar explicações a ninguém. Nunca mais pensar em si mesma em primeiro lugar. Só depois que eles fizerem 18 anos, e isso demora. E às vezes nem adianta.

O primeiro passo é se acostumar a ser uma pessoa que já não pode se guiar apenas pelos próprios desejos.

Você continuará sendo uma mulher ativa, autêntica, batalhadora, independente, estupenda, mas 100% livre, esqueça. De maridos você escapa, dos próprios pais você escapa, mas da responsabilidade de ser mãe, jamais. E nem você quer. Ou será que gostaria?

De vez em quando, sim, gostaríamos de não ter esse compromisso com vidas alheias, de não precisar monitorar os passos dos filhotes, de não ter que se preocupar com a violência que eles terão que enfrentar, de não sofrer pelas dores de cotovelo deles, de não temer por suas fragilidades, de não ficar acordadas enquanto eles não chegam e de não perder a paciência quando eles fazem tudo ao contrário do que sonhamos.

Gostaríamos que eles não falassem mal de nós nos consultórios dos psiquiatras, que eles não nos culpassem por suas inseguranças, que não fôssemos a razão de seus traumas, que esquecessem os momentos em que fomos severas demais e que nos perdoassem nas vezes em que fomos severas de menos. Há sempre um "demais" e um "de menos" nos perseguindo. Poucas vezes acertamos na intensidade dos nossos conselhos e críticas.

Mas é assim que somos: às vezes exageradamente enérgicas em momentos bobos, às vezes um tantinho condescendentes na hora de impor limites. A gente implica com alguns amigos deles e adora outros e não consegue explicar por que, mas nossa intuição diz que estamos certas. Mas de que adianta estarmos certas se eles só se darão conta disso quando tiverem os próprios filhos?

Erramos em forçá-los a gostar de aipo, erramos em agasalhá-los tanto para as excursões do colégio, erramos em deixar que passem a tarde no computador em véspera de prova, erramos em não confiar quando eles dizem que sabem a matéria, erramos em nos escabelar porque eles estão com os olhos vermelhos (pode ser resfriado!), erramos quando não os olhamos nos olhos, erramos quando fazemos drama por nada, erramos um pouquinho todo dia por amor e por cansaço.

O que nos torna as melhores mães do mundo é que nossos erros serão sempre acertos, desde que estejamos por perto.

14 de maio de 2008

Educação para o divórcio

Estou lendo *O quebra-cabeça da sexualidade*, do professor espanhol José Antonio Marina. No livro, o autor diz que considera preocupante que os jovens estejam recebendo dos pais a experiência do fracasso amoroso. Ao ver a quantidade de casais que se separam, a garotada vai perdendo a expectativa de ter, no futuro, uma relação saudável e sem conflito. Desencantam-se.

Creio que esteja acontecendo mesmo. Hoje o casamento já não é a ambição número um de muitos adolescentes, e um pouco disso se deve à descrença de que o matrimônio seja uma via para a felicidade. Se fosse, por que tanta gente se separaria?

O casamento tem sofrido uma propaganda negativa de tamanho grau que é preciso uma reação da sociedade: está na hora de passarmos a ideia, para nossos filhos, de que uma relação não traz apenas privações, tédio e brigas, mas traz também muita realização, estabilidade, parceria, intimidade, gratificações. Casar é muito bom. Como fazê-los acreditar nisso, se as estatísticas apontam um crescimento incessante no número de divórcios?

A saída talvez seja educarmos os filhos desde cedo para que a ideia de separação seja acatada como algo que faz parte do casamento. Ou seja, quando os pirralhinhos perguntarem: "Mamãe, você ficará casada com o papai para sempre?", a resposta pode ser: "Enquanto a gente se amar, continuaremos juntos – senão vamos virar amigos, o que também é muito bom".

Isso pode parecer chocante para quem jurou na frente do padre que iria ficar casado até o fim dos dias, mas há que se rever certas fórmulas, a começar por esse juramento que mais parece uma punição do que um ideal romântico. Está na hora de um pouco de realismo: hoje vivemos bem mais do que antigamente, com mais informação e mais oportunidades. Deve ser bastante confortável e satisfatório ficar casado com a mesma pessoa por quarenta ou cinquenta anos, é um bonito projeto de vida, mas, se a relação durar apenas dez ou quinze, é bom que a gurizada saiba: não é um fiasco. É normal.

A normalidade das coisas se adapta aos costumes. Vagarosamente, mas se adapta. Se continuarmos insistindo na ideia de que o verdadeiro amor não acaba, as crianças vão achar que o mundo adulto é habitado por incompetentes que não sabem procurar sua alma gêmea e que sofrem em demasia. Vão querer isso para elas? Fora de cogitação.

Para evitar essa fuga em massa do casamento, a saída é, como sempre, a honestidade. Seguir educando para o "eterno" é uma incongruência. Ninguém fica no mesmo emprego para sempre, ninguém mora na mesma rua para sempre, ninguém pode prometer uma estabilidade vitalícia em relação a nada, e se a maioria das mudanças é considerada uma evolução, um aperfeiçoamento, por que o casamento não pode ser visto dessa mesma forma descomplicada e sem stress?

A frustração sempre é gerada por expectativas que não se realizam. Se nossos filhos ainda são criados com a ideia de que pai e mãe viverão juntos para sempre, uma separação sempre será mais traumática e eles também temerão "fracassar" quando chegar a vez deles. Se, ao contrário, souberem desde cedo que adultos podem (não é obrigatório) viver duas ou três relações estáveis durante uma vida, essa nova ética dos relacionamentos será absorvida de forma mais tranquila e eles seguirão entusiasmados pelo amor, que é o que precisa ser mantido, em benefício da saúde emocional de todos nós.

26 de outubro de 2008

Carta ao Rafael

Rafael, teu irmão nasceu cerca de quatro anos atrás, no finalzinho do mês de julho. Na época eu aproveitei que logo em seguida seria Dia dos Pais e escrevi uma carta pública ao João Pedro homenageando não só o teu, mas o meu irmão também – teu pai. Agora você, meu segundo sobrinho, nasce colado ao dia das mães, e imagina se vou te privar de recepção semelhante.

Bem-vindo, Rafa. O mundo é legal, desde que a gente saiba lidar com suas contradições. Tem muita beleza e miséria, dias de sol e temporal, pessoas que dizem sim e que dizem não, e muitos gremistas e colorados infiltrados dentro da tua família. Mesmo assim, não pense que você vai ter opção. Não se deixe enganar pelas roupinhas azuis, essa não será sua cor preferida.

Desde que você saiu da barriga, está escutando votos de saúde e felicidade (mesmo que, por enquanto, tudo não passe de um barulho incompreensível e que você já esteja com saudade do silêncio uterino). Pois saiba que são votos clichês, mas os clichês são sábios: saúde e felicidade é tudo o que você precisa nessa vida. Só que tem que dar uma mãozinha. Então, pratique esportes, se alimente bem e não fume: a saúde já estará 50% garantida, o resto é sorte. Quanto à felicidade, o jeito é tentar fazer boas escolhas. Como fazê-las? Ninguém sabe ao certo, mas ser íntegro e não se deixar levar por vaidades e preconceitos promove uma certa paz de espírito. Ser feliz não é muito difícil, basta não ficar obcecado com esse assunto e tratar de viver. Quem pensa demais não vive.

Não brigue muito com seu irmão, ele será seu melhor amigo, mesmo que você não acredite nisso quando ele não quiser emprestar alguns brinquedos – o carro dele, por exemplo.

Você vai ser louco, apaixonado, babão por sua mãe. É natural. Mas não deixe que suas namoradas percebam.

Cada vez mais o dinheiro controla os desejos. É importante ganhá-lo, pois sem independência não somos donos de nós mesmos, mas para ganhá-lo você não precisa perder nada: nem escrúpulos e nem caráter, ou você estará se deixando comprar. Não se deixe controlar por ele. Pelo dinheiro, digo, porque pelos desejos você não só pode como deve se render. Mas não seja um heartbreaker profissional, a mulher da sua vida pode lhe escapar das mãos.

Ia esquecendo: estude inglês.

Uma vida sem arte é uma vida árida, sem transcendência, um convite à mediocridade. Então desfrute de muita música e cinema, e quando suas garotas tentarem lhe arrastar para um teatro, vá sem reclamar, há 30% de chance de você gostar. Importante: se alguém disser que ler é chato, mande se entender comigo.

Tédio é para os sem inspiração. O mundo oferece estradas, passeatas, eleições, aeroportos, ondas, montanhas, campeonatos, vestibulares, desafios, churrascos, festivais, feriadões, roubadas, gargalhadas, madrugadas e declarações de amor. É assim mesmo, tudo misturado e barulhento.

A saudade do silêncio uterino vai lhe surpreender muitas outras vezes. Busque esse silêncio dentro de você.

Então é isso, Rafa, seja corajoso e grato: nascer é um privilégio concedido a poucos, ainda que sejamos bilhões.

Não desperdice a chance e esteja consciente de duas coisas: que sem alegria nada vale a pena, e que Rafa é um apelido do qual você não escapa.

10 de maio de 2009

O clube do filme

Até poucos dias atrás, David Gilmour, para mim, era o guitarrista e vocalista do Pink Floyd. Foi quando entrou na minha vida outro David Gilmour, escritor canadense que acaba de lançar *O Clube do Filme*, um livro em que ele conta uma história real que aconteceu dentro de sua casa.

David tem um filho chamado Jesse. Pois Jesse, aos 16 anos, não queria nada com os estudos. Era inteligente, mas totalmente desmotivado. Você conhece algum adolescente assim? Toque aqui. Mas duvido que você ou eu tivéssemos coragem de fazer o que o pai do Jesse, o David Gilmour escritor, fez. Percebendo que o garoto não tinha a menor perspectiva de terminar o colégio sem levar várias bombas sequenciais, David propôs: "Se quiser largar a escola, largue. Mas em troca, você terá que ver três filmes por semana – indicados por mim e na minha companhia. Ou isso, ou nada feito". O guri nem piscou. Topou no ato.

O pai então passou algumas noites em claro questionando sua própria atitude. Não estaria fazendo uma grande besteira? Temeu estar pavimentando o fracasso do filho, mas agora só restava ir adiante. E esse "ir adiante" é que faz do livro um vício: não se consegue largar antes do final.

Para quem gosta de cinema, é uma provocação. Simplesmente todos os filmes que vimos, e mais os que perdemos, são citados. Dá vontade de ler o livro dentro de uma locadora e ir enchendo um carrinho de mão com todos os DVDs disponíveis para conferir cada cena que é comentada. Mas não se assuste: não é um livro para experts da sétima arte, dá pra ler sem ser um Rubens Ewald. O bacana da história é a confirmação de algo que nós sabemos, mas nem sempre colocamos em prática: não se ajuda um filho a crescer por videoconferência, por relacionamento à distância. É preciso tempo compartilhado. E Gilmour faz valer esse tempo: à medida que Marlon Brando, Clint Eastwood, Sharon Stone, John Travolta e James Dean entram na sala de casa, vai se abrindo o leque para conversas sobre namoradas, drogas, música, dores de cotovelo, medos, virilidade.

Não é um livro didático nem moralista, longe disso. É terno, verdadeiro, engraçado e dispensa um the end cinematográfico, ainda que tudo acabe bem. É apenas a história de um pai que estava quase arrancando os cabelos por causa de um moleque indiferente com quem ele mal conseguia conversar, e que de repente arrisca uma via inusitada para se aproximar do guri e ajudá-lo a amadurecer. Em todos os países em que o livro foi lançado, não houve uma debandada das escolas, portanto os professores podem respirar aliviados que os seus empregos estão garantidos. Mas há que se reconhecer que é sempre empolgante a gente confirmar através da literatura e do cinema (e, por que não dizer, através de guitarristas como o outro David Gilmour, que nada tem a ver com essa história) que a arte não serve apenas para nos divertir nas horas de folga, mas também para nos preparar para a vida.

7 de junho de 2009

Os estranhos do bem

Pouco lembro do apartamento onde passei minha infância, mas não esqueci nada da rua onde morava, das casas vizinhas, do quarteirão inteiro onde eu brincava desde o início da tarde até o início da noite e, por vezes, inclusive à noite. Naquela época não havia medo de assaltos, de atropelamentos, de sequestros relâmpagos: a gente pegava a bicicleta e saía com a maior liberdade, sem pânico nem neuras, o oposto do que acontece hoje, quando as crianças só podem brincar dentro do prédio, em prisão domiciliar. Porém, mesmo com liberdade, havia um perigo rondando. Você deve lembrar o que nossos pais buzinavam em nossos ouvidos a cada vez que abríamos a porta de casa para sair: "Não dê conversa a estranhos". Mais uma vez, é o oposto do que acontece hoje. Trancafiados em casa, com as bicicletas enferrujando na garagem, não se faz outra coisa a não ser dar conversa a estranhos.

Quando menina, eu me perguntava: o que será que eles (os adultos) querem dizer com "estranho"? Estranho, para mim, era um cara que usasse óculos escuros à noite, tivesse uma bruta cicatriz ao lado da orelha e uma faca ensanguentada entre os dentes. Mas estranho, para eles, ia além: era qualquer um que a gente não conhecesse. Podia ser o pároco do bairro: um estranho, corra!

Assim que tive idade para diferenciar conhecidos e estranhos, acolhi ambos. De um lado, me apegava às amigas do colégio, todas falando igual, vestindo igual, pensando igual e usando o mesmo cabelo: nada como reforçar nossa identidade. De outro, queria saber como era viver em outro país, ter experiências diferentes das minhas, outros costumes. Os livros e o cinema alimentavam essa minha curiosidade, mas não bastava. Então me inscrevi num programa de intercâmbio de correspondências e acabei fazendo amizade com a Julie, que morava no interior da Inglaterra, com o Carlos, que morava no México, e com a Michelle, que morava na Nova Zelândia. Trocávamos fotos, falávamos da nossa vida pessoal, contávamos segredos que atravessavam oceanos, tudo em cartas escritas ora em inglês, ora em espanhol, e quando ninguém se entendia, desenhava-se. O que foi feito deles? Não faço a mínima ideia. Mas foram esses estranhos que ampliaram um pouco os meus horizontes e deram sabor de aventura à minha adolescência.

 Aí a gente cresce e inventam um troço chamado computador. E os pais agora somos nós. Conscientes das nossas responsabilidades, batemos à porta do quarto das crianças e damos sequência à tradição, alertando-os: "Não dê conversa a estranhos".

 Quá, quá, quá.

 Afora as orientações inevitáveis contra pedófilos e mal-intencionados em geral, é preciso relaxar: ninguém com mais de 10 anos evita estranhos, ao contrário, eles são buscados freneticamente no MSN, no Facebook, no Twitter, no Orkut, onde todos se expõem, transformando o mundo num gigantesco albergue coletivo. Uma versão ligeiramente mais abrangente e instantânea daquele meu programa de correspondência internacional.

Jamais pedi atestado de bons antecedentes para quem não conheço. Estranho é mau? Estranho é pior do que a gente? Se devemos ter vigilância com nossos filhos – e devemos mesmo –, é preciso também controlar a paranoia e não surtar por eles trocarem ideias com quem nunca viram antes, e provavelmente jamais verão. Dar conversa a estranhos não significa dar o endereço, o telefone e a senha do banco. Pode ser apenas um bate-papo divertido. E só para lembrar: estranhos, somos todos.

18 de outubro de 2009

Figurinhas

Entrei numa tabacaria para comprar uma revista. Na hora de pagar, havia uma família na minha frente: pai, mãe e um garoto de uns seis anos. O menino deu uma puxadinha no casaco do pai e disse: "Não esquece as figurinhas". O pai pediu ao atendente: "Me vê dois pacotes de figurinhas". O rosto do menino murchou como se tivesse acabado de descobrir que Papai Noel não existe. "Dois?" O pai nem olhou pra ele. O menino insistiu: "Só?". O pai olhou para a esposa e disse: "Um ou dois, mãe?". Ela respondeu: "Dois, vai". O pai foi enfático com o atendente: "Dois pacotes".

Eu estava com minha carteira na mão e a vontade que tive era de comprar todas as figurinhas da loja para aquele menino que acompanhava sua primeira Copa do Mundo, já que na anterior ele era pouco mais que um bebê. Mas eu não podia me intrometer na dinâmica daquela família, não podia desautorizar aquele pai, minha gentileza poderia ser encarada como uma humilhação para ele, então engoli em seco e fiquei lembrando da minha infância.

Todos os sábados à noite, eu e meu irmão dormíamos na casa de uma das avós. Um sábado na vó Iby, outro sábado na vó Zaíra. Sempre antes de nos deixar lá, o pai nos levava numa tabacaria de esquina e permitia que a gente escolhesse um gibi, além de comprar dez pacotes de figurinhas para o álbum que estivéssemos colecionando. Existia de tudo: álbum com fotos de bichos, de carros, de artistas de novela e muito álbum com jogador de futebol. Dez pacotes. Ah, e Mentex. Uma caixinha de Mentex para cada um. Era o grande momento da semana.

Minhas avós já faleceram, o que é triste, mas não é uma surpresa, ou teriam hoje mais de 100 anos. Surpresa é ver que os álbuns de figurinha seguem vivos e com o mesmo prestígio. Uma das poucas tradições que se mantiveram inalteradas. Existem álbuns virtuais, claro, mas não são esses que empolgam, e sim os feitos de papel, comprados em bancas, com figuras vindas em pacotinhos, tudo igual como antes, e gerando a mesma ansiedade infantil, capaz de mobilizar meninos e meninas a se relacionarem de verdade, olho no olho, para promoverem as trocas.

Aliás, ansiedade não só infantil, como tenho acompanhado aqui em casa. Semana passada recebi a visita do meu afilhado, de cinco anos, que veio trocar figuras com a prima dele, minha filhinha de 19, que já está na faculdade. Vê-los os dois, sentados no sofá, trocando Nilmar por Robinho, e se excomungando pela falta de um Elano, me fez sorrir e pensar que o mundo tem salvação.

Tanto tem que aquela história da família na tabacaria não terminou. Aos 45 do segundo tempo, o pai fez um cafuné na cabeça do filho e disse: "Tô brincando. Moço, me dá dez pacotinhos". Não teria como descrever aqui o sorriso do menino, ainda que, por dentro, suspeito que ele quisesse matar o pai – no que eu apoiaria, porque não entendo quem gosta de torturar crianças a título de "brincadeira". Mas vá lá, foi um final feliz. Ainda bem que não me meti.

9 de junho de 2010

Para Francisco e todos nós

A história é a seguinte. Ela era uma publicitária mineira de 36 anos que estava vivendo uma história de amor com todos os ingredientes que se sonha: reciprocidade, leveza, afinidades, planos e, pra completar, um filho na barriga. Engravidara de surpresa, e festejou. O homem com quem repartia esse conto de fadas também ficou emocionado com a notícia, e passaram a curtir cada passo rumo a nova etapa. Quando ela estava com sete meses de gravidez, ele morreu de uma hora para outra.

O horror da morte súbita de um amor e o êxtase de uma nova vida chegando: foi essa contradição emocional que, quatro anos atrás, viveu Cristiana Guerra, atualmente uma conhecida blogueira especializada em moda (www.hojevouassim.com.br). Cris transitou entre o céu e o inferno. Poderia ter se entregado à vitimização, mas fez melhor: transformou sofrimento em poesia.

Francisco nasceu dois meses depois, forte, saudável e órfão. Cris não se conformou com a ausência de um dos protagonistas da história, e foi então que começou a escrever cartas para que seu bebê lesse quando tivesse idade para tal. Nessas cartas, contou sobre quem era seu pai, como ela e ele se conheceram, e os problemas e alegrias pelos quais passaram durante o pouco tempo de convívio, algo em torno de dois anos de relacionamento. Esses textos, ilustrados com fotos do casal e complementados por alguns e-mails trocados, virou um livro, *Para Francisco*, da Editora Arx.

Cris me entregou esse livro em mãos dias atrás, quando a conheci em Belo Horizonte. É uma mulher charmosa, firme, bem-humorada. Participamos juntas de um evento e depois voltei ao hotel, onde dei as primeiras folheadas no livro. Na manhã seguinte ele já havia sido devorado, e me senti agradecida pela oportunidade. Em tempos onde só se fala em amores fóbicos, ler o texto elegante e inteligente da Cris me fez ter uma nova perspectiva do que é tragédia. Tragédia é não lembrar com doçura.

A relação de Cris com o pai de seu filho não teve tempo para o desgaste e a falência. Tiveram alguns desencontros, mas nada que fraturasse a relação que era encantadora e sólida a seu modo. Não sei se duraria para sempre, mas durou o suficiente para montar a memória afetiva que estruturará a vida de um menino que conhecerá seu pai através da visão de sua mãe. Nunca havia pensando nisso: vemos nossos pais através dos olhos de nossas mães – estando eles vivos ou não.

A narrativa dessa vida e morte simultâneas é contada com desembaraço, emoção e nenhuma pieguice, mesmo tendo todos os elementos para virar um dramalhão. Mas Cris Guerra não deixou a peteca cair e, além de um belo livro, nos deixou um recado valioso: a vida não apenas continua, ela sempre recomeça.

1º de maio de 2011

Órfãos adultos

Era uma senhora alegre, faceira. Mas morreu, como acontece com todos. Sem salamaleques, sem longas internações. Morreu rápido, como muitos desejam, e viveu demoradamente, como se deseja também: tinha 99 anos. Deixou três filhos, todos na faixa dos 70, pois na época em que essa senhora era jovem casava-se cedo. E foi então que, conversando com uma das filhas, de 75 anos, me deparei com uma questão sobre a qual eu nunca tinha pensado. Disse-me ela que estava muito magoada com a reação das pessoas: todos vinham abraçá-la, no enterro, como se ela estivesse de aniversário, como se fosse uma boda, uma promoção, um réveillon.

"Minha mãe, apesar da idade que tinha, não dava trabalho à família, era independente e gozou de boa saúde até o final. Porém, mesmo que tivesse dado trabalho, mesmo que eu e meus irmãos estivéssemos reféns de uma condição desfavorável, ora, perdi minha mãe. Por que isso seria menos doloroso a essa altura? Só porque também sou velha?"

Calei. Ela tinha total razão. É muito comum encararmos a morte de alguém idoso como um alívio para a família – estivesse o defunto já doente ou não. Da mesma forma como nos chocamos quando alguém parte cedo, nos insensibilizamos diante dos que partem aos 95 anos, aos 99, aos 103 anos de idade. É como se estivéssemos aguardando a notícia do óbito para qualquer momento, e quando a notícia chega, tudo certo, cumpriu-se a ordem natural das coisas, é preciso morrer, e que dádiva, ao menos este viveu bastante.

Tudo certo quando se trata dos pais dos outros. O que essa senhora de 75 me esclareceu é que ela tem, também, o direito de sentir-se órfã. É um engano achar que a orfandade é um sentimento exclusivo dos jovens. Ela tinha vontade de dizer a todos aqueles que foram ao enterro a fim de cumprir uma formalidade social, sorridentes como quem vai a um shopping, que a sua capacidade de sentir dor não havia sido diluída pelos seus 75 anos, e que ela sentia falta daquela mãe tanto quanto a sua filha de 50 sentiria a sua, e tanto quanto a sua neta de 25 sentiria da mãe dela.

Essa história aconteceu alguns anos atrás, mas me veio à memória com clareza e força ao ler recentemente o livro *Filosofia sentimental*, do professor Frédéric Schiffter, que entre diversos assuntos aborda exatamente isso: a tristeza não é uma doença, muito menos uma doença exclusivamente infantil. O fato de sermos experientes, vividos, maduros e bem resolvidos não cria em nós uma blindagem contra os sentimentos. Ao menos, não diante de perdas tão significativas.

E se por um acaso for uma doença infantil, que se respeite. Perder a mãe nos leva, a todos, de volta aos 10 anos de idade.

25 de março de 2012

Os solitários

Mateus Meira, que disparou contra a plateia de um cinema de São Paulo, em 1999, era um cara sem amigos, não frequentava grupos. Wellington Moreira, que matou alunos de um colégio em Realengo, não tinha namorada e quase nunca saía de casa. Anders Breivik, o norueguês que matou 77 jovens na Ilha de Utoya, só se relacionava com alguns poucos fanáticos como ele, pela internet. James Holmes, que semana passada matou 12 pessoas durante a exibição do novo filme do Batman, nos Estados Unidos, era considerado um sujeito recluso.

Não significa que cada garoto trancado em seu quarto vá amanhã ter seu dia de psicopata, mas coincidência não é. Estudos revelam que grande parte dos que cometem essas atrocidades são depressivos e, por consequência, se isolam da sociedade. Muitos não buscam tratamento, consideram-se apenas "na deles". E os pais acabam por respeitar seu jeito de ser. E os colegas não os chamam para as festas. E as garotas os rejeitam e namoram meninos mais populares. Apartados de todos, eles vão se confinando num cativeiro mental e social, passando a levar mais em conta a fantasia do que a realidade. Mas sofrem com a exclusão, ou não desenvolveriam uma personalidade tão vingadora.

Não se mata para brincar. Quem atira, está atirando em inimigos imaginários, oriundos da conhecida "oficina do diabo".

São tragédias de exceção, não acontecem todo dia, mas há solitários que, em grau bem menor de maluquice, também se transferem para universos paralelos e alimentam ideias absurdas que, por não serem discutidas com amigos e parentes, acabam fermentando e levando a desastres. No máximo, buscam na internet pessoas tão isoladas quanto eles, que confirmam suas sandices. Se discutissem com quem realmente os conhece, com quem os ama, seriam questionados e viveriam a experiência da troca de ideias e da orientação. Mas sozinhos entre quatro paredes, correm atrás da veneração garantida de outros outsiders.

Sempre que um filho nosso está com algum problema (sofrendo porque uma garota não quis sentar a seu lado na aula, ou com notas baixas, ou com espinhas, vá saber), é preciso se perguntar: ele tem amigos? Ele é convidado para aniversários, viagens, churrascos, jogos esportivos? Ou ele é um esquisitão que não quer saber de ninguém e ninguém dele? Porque se ele tem amigos de fato, os problemas provavelmente são típicos da idade, e não sintomas de uma desadaptação crônica.

Ter um ídolo não é ter um amigo. Conhecidos virtuais tampouco formam uma turma. Dizer "oi, tudo bom?" é só um cumprimento. Relacionar-se é outra coisa: exige tempo, dedicação e abertura para conviver com pessoas variadas e diversas, o que ajuda a formar uma identidade saudável.

Quem não se relaciona com os outros, pensa que se basta sozinho, mas não se basta: dentro da cabeça, dá trela a seus demônios, os únicos a quem escuta.

25 de julho de 2012

Minha turma

Ela é uma amiga recente. Tem três filhos, sendo que um deles possui uma síndrome rara. É uma criança especial, como se diz. Acabei de ouvi-la palestrar a respeito de como é o envolvimento de uma mãe com um ser que necessita de tanta atenção. Eu estava preparada para ouvir um chororô, e não a acusaria, ela teria todo o direito se. Mas o "se" não veio. O que vi foi uma mulher comovente e leve ao mesmo tempo, recorrendo ao humor para segurar a onda e para não se desconectar de si mesma. Ela deu uma choradinha, sim, mas de pura emoção e gratidão por passar por essa experiência que dá a ela e a esse filho uma cumplicidade também fora do comum. Quando ela terminou de falar, pensei: "Essa é da minha turma". E silenciosamente a inseri no rol dos meus afetos verdadeiros.

Estranhei ter sido essa a expressão que me ocorreu, "minha turma", e só então percebi que, durante a vida, a gente conhece um mundaréu de pessoas, estabelece variadas trocas de impressões, passeia por outras tribos e tal. São homens e mulheres que chegam bem perto do nosso epicentro, nem sempre por escolha, mas porque são parentes de alguém, conhecidos de não sei quem, e que acabam sendo agregados à nossa agenda do celular. Até que o tempo vai mostrando uma dissimulação aqui, uma maldade ali, uma energia pesada, e você se dá conta de que alguns não são da sua turma.

Da série "Coisas que a gente aprende com o passar dos anos": abra-se para o novo, mas na hora da intimidade, do papo reto, da confiança, procure sua turma. É fácil reconhecer os integrantes dessa comunidade: são aqueles que falam a sua língua, enxergam o que você vê, entendem o que você nem verbalizou. São aqueles que acham graça das mesmas coisas, que saltam juntos para a transcendência, que possuem o mesmo repertório. São aqueles que não necessitam de legendas, que estão na mesma sintonia, e cujo histórico bate com o seu. Sua turma é sua ressonância, sua clonagem, é você acrescida e valorizada. Sua turma não exige nota de rodapé nem resposta na última página. Sua turma equaliza, não é fator de desgaste. Com ela você dança no mesmo compasso, desliza, cresce, se expande. Sua turma é sua outra família, aquela, escolhida.

Não tenho mais paciência com o que me exige atuação, com quem me obriga a usar palavras em excesso para ser compreendida. Não tenho mais energia para o rapapé, para o rococó, para o servilismo cortês, para o mise-en--scène social. Não tenho motivo para ser quem não sou, para adaptações de última hora, para adequações tiradas da manga. Não quero mais frequentar roda de estranhos cujas piadas não vejo a mínima graça. Não quero mais ser apresentada, muito prazer, e daí por diante ter que dissecar minha árvore genealógica, me explicar em nome dos meus tataravôs, defender posições que me farão passar por boa moça. Não quero mais ser uma convidada surpresa.

Se você mandar eu procurar minha turma, acredite, tomarei como carinho.

6 de janeiro de 2013

Matéria-prima de biografias

Uma amiga possui um casamento duradouro, filhos ótimos, uma penca de parentes ao redor, um trabalho satisfatório, o melhor dos mundos. Reconhece que tem uma vida bacana, mas volta e meia diz, brincando: "Se eu escrevesse minha biografia, não daria mais do que três páginas". Ela sente falta de imprevistos, novidades, abalos. Se duvidar, sente falta até de sofrimentos.

Analisando sob esse prisma, a recém-lançada biografia de Diane Keaton não deverá se tornar um best-seller, já que não há fartura de romances clandestinos, envolvimento com drogas, traumas e psicopatias. Ao contrário: o que prevalece é sua declaração de amor à família. É isso que torna o livro tão especial, humano e diferente de outras histórias de celebridades.

Diane Keaton certamente não é uma mulher como as outras. Namorou Woody Allen, Warren Beatty e Al Pacino, e ganhou um Oscar por sua atuação em *Annie Hall*. Essas experiências seriam suficientes para deixar qualquer leitor salivando diante da oportunidade de ouvir os detalhes a respeito. Ela até comenta sobre isso tudo, e sobre o início da carreira, seus ídolos, seu jeito peculiar de se vestir, mas são pinceladas sem profundidade, que ficam em terceiro plano diante do que realmente importa e comove no livro: sua relação com a mãe. Diane transforma a desconhecida Dorothy Keaton Hall em coautora de sua biografia. Publica trechos dos seus diários, narra os anos em que esta enfrentou o mal de Alzheimer, as particularidades do casamento dela com seu pai e como foi a criação dos quatro filhos do casal – Diane e seus três irmãos. Talvez o leitor se pergunte: mas o que me interessa essa tal de Dorothy?

Sem Dorothy, não haveria o que veio depois.

Claro que é um privilégio ter acesso aos bilhetes escritos por Woody Allen e aos bastidores da filmagem de *O Poderoso Chefão*, pra citar outro filme da extensa carreira da atriz, mas não é um livro de fofocas, e sim o retrato de uma vida que, apesar do entorno glamoroso, nunca deixou de ser prosaica. Não exalta os tapetes vermelhos, os namorados famosos ou ter o nome piscando na fachada de um cinema, e sim os laços afetivos. É de uma singeleza inesperada.

Diane Keaton, apostando no que lhe é íntimo, inverteu o que se espera de uma biografia. Através de um relato nada modorrento, e sim ágil, divertido e tocante, colocou sob os holofotes aquilo que passou de comum a incomum: a valorização da nossa formação dentro de casa, a influência do afeto na construção de um futuro, a beleza dos pequenos episódios que acontecem diante dos olhos da família, nossa primeira plateia.

Numa época em que todos andam viciados em existir publicamente, transformando suas vidinhas triviais num reality show, uma estrela de Hollywood vem recolocar as coisas em seus devidos lugares: o superficial pra lá, o essencial pra cá. Claro que uma hipotética biografia daquela minha amiga do início do texto nunca atrairia a atenção de ninguém, ao contrário da de Diane Keaton, mas o que ela teria para contar – e o que todos teriam para contar, se o mundo estivesse a fim de ouvir – é que ter uma vida interessante depende apenas do olhar amoroso que lançamos sobre nossa própria história.

27 de janeiro de 2013

Viagens e andanças

Viajar para dentro

Os brasileiros estão viajando mais. Não só para Miami, Cancún e Nova York, mas também para o Nordeste, Pantanal e Rio de Janeiro. Pouco importa o destino: a verdade é que os pacotes turísticos e as passagens mais baratas estão tirando as pessoas de casa. Muita gente lucra com isso, como os donos de hotéis, restaurantes, locadoras de automóveis e comércio em geral. Alguém perde? Talvez os psicanalistas. Poucas coisas são tão terapêuticas como sair do casulo. Enquanto os ônibus, trens e aviões continuarem lotados, os divãs correm o risco de ficar às moscas.

Viajar não é sinônimo de férias, somente. Não basta encher o carro com guarda-sol, cadeirinhas, isopores e travesseiros e rumar em direção a uma praia suja e superlotada. Isso não é viajar, é veranear. Viajar é outra coisa. Viajar é transportar-se sem muita bagagem para melhor receber o que as andanças têm a oferecer. Viajar é despir-se de si mesmo, dos hábitos cotidianos, das reações previsíveis, da rotina imutável, e renascer virgem e curioso, aberto ao que lhe vai ser ensinado. Viajar é tornar-se um desconhecido e aproveitar as vantagens do anonimato. Viajar é olhar para dentro e desmascarar-se.

Pode acontecer em Paris ou em Trancoso, em Tóquio ou Rio Pardo. São férias, sim, mas não só do trabalho: são férias de você. Um museu, um mergulho, um rosto novo, um sabor diferente, uma caminhada solitária, tudo vira escola. Desacompanhado, ou com um amigo, uma namorada, aprende-se a valorizar a solidão. Em excursão, não. Turmas se protegem, não desfazem vínculos, e viajar requer liberdade para arriscar.

 Viajando você come bacon no café da manhã, usa gravata para jantar, passeia na chuva, vai ao super de bicicleta, faz confidências a quem nunca viu antes. Viajando você dorme na grama, usa banheiro público, come carne de cobra, anda em lombo de burro, costura os próprios botões. Viajando você erra na pronúncia, usa colar de conchas, dirige do lado direito do carro. Viajando você é reinventado.

 É impactante ver a Torre Eiffel de pertinho, os prédios de Manhattan, o lago Como, o Pelourinho. Mas ver não é só o que interessa numa viagem. Sair de casa é a oportunidade de sermos estrangeiros e independentes, e essa é a chave para aniquilar tabus. A maioria de nossos medos são herdados. Viajando é que descobrimos nossa coragem e atrevimento, nosso instinto de sobrevivência e conhecimento. Viajar minimiza preconceitos. Viajantes não têm endereço, partido político ou classe social. São aventureiros em tempo integral.

 Viaja-se mais no Brasil, dizem as reportagens. Espero que sim. Mas que cada turista saiba espiar também as próprias reações diante do novo, do inesperado, de tudo o que não estava programado. O que a gente é, de verdade, nunca é revelado nas fotos.

Janeiro de 1998

Resorts flutuantes

Tanto a *Veja* quanto a *Isto É* publicaram reportagens sobre os supertransatlânticos que estão invadindo os mares do planeta, fascinando turistas e agentes de viagem. Os barcos são de matar de inveja o *Titanic*. Alguns têm 18 andares, o que raríssimos prédios de Porto Alegre têm. Neles encontram-se butiques, restaurantes, uma dúzia de piscinas, bares, quadras poliesportivas, cassino, pista de cooper, rinque de gelo, teatros, biblioteca, discoteca, parque de diversões, capela, spa e até um campo de golfe. É tudo o que um Sheraton quer ser quando crescer.

Fico enjoada só de imaginar, mesmo sabendo que esses meganavios não jogam, a menos que sejam atingidos por um tornado. Admito que cruzeiros marítimos alimentam fantasias de amores clandestinos, jantares de gala, excursões por camarotes alheios, paixões explodindo no convés. Viajei num transatlântico, mês passado, lendo o excelente *A casa do poeta trágico*, de Carlos Heitor Cony, mas só embarco em ficção. Ao vivo e a cores, nem caiaque me atrai.

Posso estar enganada, mas viajar de navio deve ser o mesmo que viajar de hotel cinco estrelas. Você faz o check--in na portaria, recebe as chaves dos seus aposentos e "teje preso": ninguém entra, ninguém sai. Ao se afastar lentamente da terra firme, você ainda mantém uma certa ilusão de que vai descansar, mas em seguida começa aquela obrigação infernal de se divertir. Toda a infraestrutura é voltada para o lazer. Antes de aportar no primeiro cais, você terá que nadar, dançar, jogar bingo, fazer sauna, apostar na roleta, comer, beber, comprar, malhar, tirar fotos e ser feliz. Não é uma cruz, mas você estará condenado a fazer tudo isso olhando para os mesmos rostos por semanas a fio. Uma Alcatraz de luxo.

Viajar de navio já não é programa de idoso: crianças e adolescentes estão sendo sutilmente atraídas para esse confinamento. Até a Disney já tem sua linha de cruzeiros, com barcos cheios de efeitos de computador. Pobres pais.

Como convencer as crianças de que não há nada mais romântico do que uma viagem de trem, nada mais prático do que um boeing e nada mais independente do que alugar um carro e criar o próprio roteiro? O que pode substituir uma bicicleta na Holanda, uma lambreta no sul da Itália e o metrô para percorrer o underground londrino? Isso sem falar nos próprios pés, melhor meio de transporte para quem quer conhecer de verdade algum lugar, seja ele qual for.

Talvez eu não tenha pego o espírito da coisa, mas não importa. Sigo reticente quanto a esses cruzeiros que enquadram os passageiros numa excursão, forçando a convivência pacífica. Transatlânticos parecem amostras grátis do mundo. Prefiro o original, que é maior e não afunda.

Junho de 1998

Com vista pra vida

Pergunte para um morador da Rocinha, favela do Rio de Janeiro, se ele trocaria seu barraco fincado lá em cima do morro por um apartamento do mesmo tamanho num bairro periférico qualquer. Se ele for um favelado pragmático, responderá que sim. Se for um favelado romântico, responderá que nem morto abre mão da vista que tem da sua maloca por um pombal de concreto com vista para a parede dos outros.

Eu sou uma favelada romântica. Acho que não trocaria um apartamento com vista panorâmica por uma dessas casas fantásticas em condomínios horizontais. Tudo bem, elas têm jardins, e jardim é sempre um grande colírio, e elas têm piscina, que restauram nossa dignidade num calor de 30 graus, e ainda têm escadas e sótãos, que eu adoro. Está bem, fico com a casa. Mas de alguma janela eu preciso ver o horizonte, ou não fecho negócio.

Me lembro da primeira vez em que fui ao Rio, aos 12 anos. O hotel em que me hospedei com a família ficava a uma quadra da praia e a janela do quarto dava para dois prédios enormes. Entre um e outro, havia um vão de uns dez centímetros de largura. Os engenheiros vão tentar me desmentir, mas não há argumento técnico que derrote a memória de uma menina encantada com Copacabana. Eu via dez centímetros de avenida Atlântica. Quando alguém passava pelo calçadão de bicicleta, a roda de trás só surgia quando a roda da frente já havia sumido. Ainda assim, foram estes dez centímetros que transformaram aquele simples dois estrelas num Four Seasons.

Não precisa ser praia. Não precisa ser campo. Gosto de paisagens urbanas também. Um skyline geométrico. Telhados de Paris. Ou algo menos imponente. Morei certa vez num apartamento que dava vista para uma ladeira repleta de casas antigas e, em primeiro plano, bem na frente da minha minúscula sacada, havia uma igrejinha de tijolos com um belo jardim a sua volta. Era como se fosse o interior, e o interior também oferece um belo cartão-postal.

Deem-me um apartamento de mil metros quadrados e eu me jogo pela janela se tiver que olhar para o pátio do vizinho ou para um risco de céu lá em cima. O meu risco de mar carioca eu apreciei aos 12 anos, idade que nem consigo mais avistar. Hoje dispenso esmolas paisagísticas. Quero céu imenso, quero pôr do sol, quero um pedaço grande do bairro, quero reconhecer uns seis tipos de árvore, quero perder a conta das estrelas, quero gastar minhas retinas. Você deve estar pensando: ou o que ela gosta mesmo é de acampar ou então mora numa cobertura de tirar o fôlego. Acampamento está fora de cogitação: meu romantismo termina onde iniciam os insetos. E moro num terceiro andar que nada tem de megalomaníaco. Meus olhos, sim, é que insistem em ir longe demais.

Julho de 2000

Sobre duas rodas

Quando a gente chega de viagem, meu caso, as pessoas querem saber as novidades lá de fora. Primeiramente, não existe mais "lá fora": estamos todos dentro do mesmo invólucro, ouvindo as mesmas músicas, vendo os mesmos filmes, usando as mesmas roupas. E as notícias de lá são as mesmas daqui, ao menos no que abrange interesses internacionais: a bola da vez é a alta do preço do barril de petróleo, gerando ansiedade quanto a uma possível recessão mundial. Sendo assim, a novidade que trago é velha: salve a bicicleta.

Eu já não uso trancinhas, mas ainda gosto de dar minhas pedaladas, e lamento que tenhamos o hábito de usá-la apenas em passeios em parques e calçadões, como uma concessão aos tempos de infância. A cultura automobilística não nos deixa ver que bicicleta é meio de transporte. Pode ser usada dos 8 aos 80 anos, não gasta combustível, não polui o ar, é moleza de estacionar, fácil de comprar e colabora para termos um melhor condicionamento físico. Por que funciona na Holanda e aqui não?

Múltiplas respostas. As cidades europeias nasceram séculos antes de Henry Ford, e os urbanistas não podiam imaginar nem mesmo que a bicicleta seria inventada, o que dizer de uma Land Rover. As vias são estreitas. Os primeiros prédios, logicamente, foram construídos sem garagem, e não vieram outros prédios, pois a Europa tem esta mania estranha de preservar seu patrimônio, modernizando-se por dentro mas mantendo a fachada de origem, o que faz dela o continente mais lindo do planeta. Além disso, as cidades, quase todas, são planas. Há ciclovias e códigos de trânsito para ciclistas. E o conceito de status social difere um pouco do nosso. Os adolescentes fazem dezoito anos, depois 28, e então 38, e se não tiverem um carro, continuam sendo cidadãos respeitáveis e conseguem inclusive arranjar namorada.

O Brasil, a exemplo de sociedades mais jovens, como os Estados Unidos, cultua o automóvel a ponto de ser prisioneiro dele. Além de termos esquecido como é caminhar, somos impelidos a nos endividar para ter um carro do ano com air bag, banco de couro e design avançado, como se isso fosse dizer quem somos. De certa maneira, diz. Diz que somos vítimas de um comportamento padrão que vê com desconfiança hábitos alternativos e que luta pouco por um transporte público mais seguro e eficiente, o que nos tornaria menos dependentes das quatro rodas e suas trações.

Não me imagino saindo de um hipermercado com nove sacolas penduradas no guidão de uma bicicleta, mas tenho consciência do quanto a gente perde em não fazer pequenos percursos individuais com um transporte menos oneroso para o trânsito, para o bolso e para a saúde. Patinete é modismo, a bicicleta é um clássico. Que volte às ruas. Pode faltar combustível, mas desprendimento tem que continuar sobrando.

Setembro de 2000

Dois ou três beijinhos

Quando eu era pouco mais que uma adolescente, viajei sozinha para a Inglaterra e aluguei um quarto numa casa de família. Chegando lá, completamente desamparada, fui apresentada à matriarca, que se chamava Daphne. Assim que nos vimos, me atirei em seus braços como uma refugiada em busca de adoção, mas tudo o que recebi foi um shake hands, que nada mais é que um bom aperto de mãos. Ela nunca me beijou, me abraçou, me chamou de Martinha. Ó, céus, eu não havia agradado, só podia ser isso.

Não era isso. A recepção tinha sido até bem calorosa para os padrões ingleses. Beijo, para os britânicos, só depois de uma intimidade secular, o que não era o nosso caso.

Muitos anos depois, fui viver em Santiago do Chile. Cada vez que me apresentavam para um chileno ou chilena, eu, toda sorridente, tascava nossos gloriosos dois beijinhos. Mas lá eles só dão um. Um beijo só, na face. Eu logo percebi que esse era um costume do país, mas hábito é fogo. Quando eu ia cumprimentar alguém, automaticamente beijava os dois lados do rosto. Morria de vergonha pelo constrangimento provocado, pois a pessoa se afastava logo após o primeiro beijo, deixando-me ali pendurada. Porém, numa concessão educada, voltava para receber o segundo beijo, nitidamente malquisto.

Tudo é uma questão de adaptação, certo? Pois é. Só que não me adapto aos três beijinhos. No meu restrito universo de familiares e amigos, ninguém dá três beijinhos, apenas dois, mas, nas excursões que faço por outros mundos, gente à beça dá três beijos. Como agir? Eu retribuo. Contrariada, mas retribuo. Não tenho coragem de deixar a pessoa ali com a face no ar, à espera do meu derradeiro smack. Faço como os chilenos faziam comigo, queridos amigos que se adequavam ao meu costume estrangeiro para que eu me sentisse bem-vinda ao planeta deles. Eu concedo também e recebo os três beijinhos destes seres de um planeta diferente do meu. Três para casar. Que motivo mais tolo. Mas tudo bem. Não se discute um costume. Não estou condenando o trio, apenas estou assumindo meu descontentamento com o exagero. Fazer o quê? Que venham todos os beijinhos. O mundo está acabando mesmo, que importa quantos beijos se dá? Menos mal que ainda sobra algum carinho nesta vida.

Setembro 2001

O calor e o frio dos outros

Mantenho correspondência por e-mail com algumas pessoas que moram fora de Porto Alegre e fora do Brasil. Não há um único e-mail, de ida ou de volta, em que não se fale rapidamente do tempo. "Aqui está um calor dos infernos". "Pois aqui choveu o dia inteiro e refrescou". Uma conversa mundana que eu achava típico de pessoas mundanas como eu, mas quando li o livro que traz as cartas que Clarice Lispector trocava com alguns de seus amigos, reparei que 90% delas também continham observações meteorológicas. Por mais filosófico ou intelectual que fosse o teor da carta, sempre havia um momento para falar do sol ou do nublado lá fora.

Fico pensando o que significa isso. Que me importa se em Berlim está chovendo ou se no Rio faz 42 graus à sombra, já que não estou de passagem marcada para lá? O que importa para meus amigos forasteiros se em Porto Alegre choveu muito em 2001? Todos os dias chove ou faz sol, está frio ou quente, úmido ou seco, e a cada manhã isso nos parece um fenômeno sobrenatural e espantoso.

Creio que compartilhar as condições climáticas do lugar em que se está é um recurso de aproximação. É uma maneira de nos situar geograficamente, de preparar um cenário visível para quem não está nos enxergando. Lá no hemisfério norte a pessoa está encarangada, congelada, e

no entanto pode nos imaginar bronzeada e suando, vestindo uma leve blusinha de alças. E talvez seja também uma maneira de justificar nosso humor: temos nossas próprias variações de temperatura, somos pessoas nubladas ou ensolaradas, gélidas ou quentes. A meteorologia nos influencia tanto quanto a posição dos astros, e se não estamos muito pra conversa, vai ver é porque tem uma ventania lá fora que está perturbando por dentro também. Não sei se você está lendo este texto na beira da praia ou embrulhado num cobertor. Não sei onde você está. Não sei se há um temporal se armando ou se está um daqueles dias cinza que provocam melancolia na gente. Se eu soubesse, talvez soubesse um pouco de você. É um mistério que a natureza não explica: nossa necessidade de localizar o outro climaticamente. Relutamos em perguntar: você está deprimido hoje? chorando muito? com vontade de cometer uma loucura? com saudades de alguém? Em vez disso, é tão mais fácil: como é que está o tempo aí?
Aqui, agora, chove, mas acho que vai abrir.

Setembro 2001

Falta demônio

Clarice Lispector e Fernando Sabino foram amigos íntimos e trocaram muitas cartas no início da carreira literária de ambos. Em uma dessas cartas, enviada de Berna, onde morava, Clarice escreveu para Sabino: "Falta demônio nessa cidade". Falta demônio em toda a Suíça. Falta demônio em muitos lugares. Não falta no Brasil, e talvez seja esta a explicação para o encantamento que o país provoca em estrangeiros e nativos: é o feitiço da irreverência.

Os Beatles tinham um demônio parcimonioso quando cantavam *she loves you, yeah, yeah, yeah*, tornando-se mais famosos que Jesus Cristo. Só deixaram o demônio tomar conta em discos como Sgt. Pepper's, Álbum Branco e Abbey Road, numa época em que Mick Jagger julgava-se o único representante de Lúcifer na terra. Há demônio no rock, em todas as bandas.

Há demônio no vinho, falta nos coquetéis. Há demônio no jeans, falta no linho. Há demônio nas fotos em preto e branco.

Há demônio no cinema, não há na televisão. Há demônio em livros, não há em revistas. Há demônio em Picasso, Almodóvar, Wagner, Janis Joplin. Há demônio na chuva mais do que no sol, há demônio no humor e na ironia, nenhum demônio no pastelão.

Não há demônio em bichos e crianças. Espera aí, volto atrás sobre as crianças. Em algumas há, mas somente nas muito especiais. As outras pensam que são espertas, mas são apenas mal-educadas.
Na poesia há sempre demônio. Na boa poesia, na poesia marginal, na poesia de amor. Paixão é quando o demônio está nu. Sexo com quem se ama é muito mais satânico, não precisa ser um amor pra sempre, pode ser um amor de repente, qualquer amor inferniza.
Coca-cola tem mais demônio que guaraná. A inteligência tem mais demônio que a simpatia. A vida tem mais demônio que a morte. Filosofia, psicanálise, beijo, aventura, silêncio. Um minuto de silêncio. O pensamento é o demo.
O Oriente tem. Manhattan tem. Berna não tem, como tudo que é neutro.

2 de dezembro de 2001

Falhas

Uma das coisas que fascinam na cidade de San Francisco é ela estar localizada sobre a falha de San Andreas, que é um desnível no terreno que provoca pequenos abalos sísmicos de vez em quando e grandes terremotos de tempos em tempos. Você está muy faceiro caminhando pela cidade, apreciando a arquitetura vitoriana, a baía, a Golden Gate, e de uma hora para outra pode perder o chão, ver tudo sair do lugar, ficar tontinho, tontinho. É pouco provável que vá acontecer justo quando você estiver lá, mas existe a possibilidade, e isso amedronta, mas ao mesmo tempo excita, vai dizer que não?

Assim são também as pessoas interessantes: têm falhas. Pessoas perfeitas são como Viena, uma cidade linda, limpa, sem fraturas geológicas, onde tudo funciona e você quase morre de tédio.

Pessoas, como cidades, não precisam ser excessivamente bonitas. É fundamental que tenham sinais de expressão no rosto, um nariz com personalidade, um vinco na testa que as caracterize.

Pessoas, como cidades, precisam ser limpas, mas não a ponto de não possuírem máculas. É preciso suar na hora do cansaço, é preciso ter um cheiro próprio, uma camiseta velha para dormir, um jeans quase transparente de tanto que foi usado, um batom que escapou dos lábios depois de um beijo, um rímel que borrou um pouquinho quando você chorou.

Pessoas, como cidades, têm que funcionar, mas não podem ser previsíveis. De vez em quando, sem abusar muito da licença, devem ser insensatas, ligeiramente passionais, demonstrar um certo desatino, ir contra alguns prognósticos, cometer erros de julgamento e pedir desculpas depois, pedir desculpas sempre, para poder ter crédito e errar outra vez.

Pessoas, como cidades, devem dar vontade de visitar, devem satisfazer nossa necessidade de viver momentos sublimes, devem ser calorosas, ser generosas e abrir suas portas, devem nos fazer querer voltar, porém não devem nos deixar 100% seguros, nunca. Uma pequena dose de apreensão e cuidado devem provocar, nunca devem deixar os outros esquecerem que pessoas, assim como cidades, têm rachaduras internas, portanto, podem surpreender.

Falhas. Agradeça as suas, que é o que humaniza você, e nos fascina.

5 de junho de 2002

Um trago para a rainha

Um mês após a morte da princesa Diana, em 1997, estive em Londres. A dor ainda latejava no peito dos britânicos, e as homenagens eram constantes. Em frente ao palácio de Kensington, entulhavam-se flores, fotos e uma avalanche de bichinhos de pelúcia, alguns pendurados pelo pescoço nos portões de ferro, outros jogados sobre a grama (já sem motivação pra vida) e uns sentadinhos segurando bilhetes de despedida. As pequerruchas crianças inglesas, provavelmente incentivadas por suas mamães, doaram à Diana o que tinham de mais valioso como prova de seu súdito amor. Mal consegui segurar as lágrimas.

Pois agora morre a rainha-mãe, e as homenagens, claro, não cessam, dessa vez em frente ao palácio de Buckingham. Lá estão as flores, as fotos e os onipresentes bichinhos de pelúcia, mas descobriram infiltrada no meio disso tudo, ora, vejam: uma garrafa de gim.

Dizem que a rainha-mãe era chegadinha num trago, e não tenho dúvida de que este foi o elixir que a manteve lépida e faceira por mais de um século. Ela era a mais alegrinha da realeza, e vamos combinar que aquela turma é de uma total sem-gracice, só mesmo de pilequinho pra aguentar ficar andando de carruagem pra lá e pra cá ou abanando da sacada, os dois grandes programas monárquicos.

Portanto, introduzir clandestinamente uma garrafa de gim entre as oferendas à memória da matriarca da família real britânica é um gesto mais significativo do que todas as flores e apeluciados ali deixados. Simbolicamente, está-se homenageando a juventude que permanece com algumas pessoas, não importa a idade que tenham. Está-se homenageando a irreverência, matéria-prima que nunca foi o forte da Inglaterra. Está-se homenageando, principalmente, o direito de não ser exemplo de nada. A família real sempre carregou o fardo de ter que ser exemplo de boa conduta, e acabou, ao contrário, virando expert em quebrar o protocolo. Já houve de tudo ali: casamentos desfeitos, príncipes sonhando em ser um tampax, namoros com mulheres mais velhas, garotões fumando baseados, princesas adúlteras transando com cavalariços, enfim, tudo tal qual acontece no reino do povo.

É provável que os ingleses tenham considerado essa garrafa de gim uma provocação, um desrespeito, não sei, não acompanhei a repercussão, se é que teve. No entanto, acho que foi apenas um brinde, uma comemoração nada desrespeitosa a uma mulher que morreu como queremos morrer todos: aos 101 anos, dormindo o sono dos justos e sem contas pra pagar.

2002

O direito ao sumiço

São poucos os adolescentes que não sonham, um dia, em passar uma temporada fora do país. Nem todos realizam, obviamente – não é um sonho barato. Mas juntando umas economias aqui, um fundo de garantia ali, se inscrevendo num programa de intercâmbio ou simplesmente munindo-se de coragem e uma mochila, muitos conseguem embarcar num avião: hora de dar um tempo, aprender outro idioma, meter a cara lá fora.

Eu tive essa oportunidade aos vinte e poucos anos. Poupei dinheiro, acumulei férias não vencidas na empresa onde trabalhava e saí para o mundo sozinha, interessada em conhecer vários lugares mas, principalmente, interessada em entender o que significava, afinal, esse "sozinha". Que delícia. Ninguém saber onde estou, o que comi no almoço, quais os meus medos, quem eram as pessoas com quem eu cruzava. Olhar para os lados e não reconhecer nenhum rosto, direcionar meus passos para onde eu quisesse, sem um guia, sem um acordo prévio, liberdade total. Desaparecida no mundo. Isso me conferia uma certa bravura, fortalecia minha autoestima. Claro que eu telefonava para casa de vez em quando e escrevia cartas, fazendo os relatos necessários e tranquilizando o pessoal, mas eu estava sozinha da silva com meus pensamentos e emoções novas.

Aí veio a tecnologia, com seus mil olhos, e acabou com essa história de sozinha da silva. Hoje ninguém mais consegue tirar férias da família, dos amigos e da vida que conhece tão bem. Antigamente era uma aventura fazer um autoexílio, sumir por uns tempos. Mas isso foi antes do Skype. Do MSN. Do e-mail. Hoje, nem que você vá para outro planeta consegue desaparecer.

Claro que só usa essa parafernália tecnológica quem quer. Você pode encontrar uma dúzia de cybercafés em cada quarteirão da cidade onde está e passar reto por cada um deles, fazer que não viu. Mas sua mãe, seu pai, sua namorada, sua irmã, seu melhor amigo, todos eles sabem que você está vivendo coisas incríveis e querem que você conte tudinho, em detalhes. Não custa nada mandar um sinal de vida, pô. Todos os dias, claro! Dois boletins diários: às onze da manhã e no fim da noite, combinado.

Sei que quando chegar a hora de minhas filhas sumirem no mundo rezarei uma novena pela sagrada internet, mas não quero esquecer jamais da importância de se respeitar o distanciamento e o prazer que o viajante sente ao estar momentaneamente fora de alcance, sem rastreamento, sem monitoração. Para os que ficam, é um alívio poder ter notícias daquele que está longe, mas aquele que está longe tem o direito ao sumiço – e o dever até. Quem não desfruta do privilégio de deixar uma saudade atrás de si e curtir o "não ser", "não estar" e "não ser visto" perde uma das sensações mais excitantes da vida, que é se sentir um estrangeiro universal.

20 de janeiro de 2008

O ônibus mágico

Embriagada. Acho que essa é a palavra que resume como saí do cinema depois de assistir *Na natureza selvagem*, filme brilhantemente dirigido por Sean Penn, que conta a história de Christopher McCandless, um garoto americano de 23 anos que, depois de se formar, larga tudo e sai pelo mundo como um andarilho até chegar no Alasca, onde pretende levar às últimas consequências sua experiência de desprendimento, solidão e contato com a natureza. No meio do caminho, faz novos amigos e realiza trabalhos temporários, tudo isso em meio a um cenário mais que deslumbrante, e sob a trilha sonora de Eddie Vedder, vocalista do Pearl Jam.

Aconteceu de verdade. É a história real de Chris, mas poderia ser a história de muitos de nós – alguns que levaram esse sonho adiante anonimamente e outros (a maioria) que nem chegaram a planejá-lo, mas que sonharam com isso. Quem de nós – os idealistas – não imaginou um dia viver em liberdade total, sem destino, sem compromisso, recebendo o que o dia traz, os desafios que vierem, em total desapego dos bens materiais e em comunhão absoluta com a natureza e as emoções? Só se você nunca teve 20 anos.

Chris, depois de muito trilhar pelas estradas, chega ao Alasca e encontra, em cima de uma montanha, a carcaça de um ônibus velho e abandonado, que ele logo trata de batizar de "ônibus mágico": faz dele seu lar. Ali ele dorme, escreve, lê, cozinha os animais que caça e vive plenamente a busca pela sua essência. É nesse lugar que consegue atingir um contato mais íntimo com o que ele é de verdade, até que um dia decide: ok, agora estou preparado para voltar, e quem viu o filme e leu o livro (sim, também há um livro) conhece o desfecho.

Esqueça-se o desfecho.

Fixemos nossa atenção no ônibus mágico que cada um traz dentro de si, ainda. Ao menos aqueles que não perderam o idealismo, o romantismo e a porra-louquice da juventude. Eu conservo o meu "ônibus" e estou certa de que você tem o seu. Porque, francamente, tem hora que cansa viver rodeado de arranha-céus, com trânsito congestionado, com pessoas óbvias, com conversas inúteis e estando tão distante de mares, lagos e montanhas. Todo dia a gente perde um pouquinho da nossa identidade por causa de medos padronizados e cobranças coletivas. Antes de descobrir qual é a nossa turma – seja a turma dos bem-sucedidos, dos descolados, dos espertos – é bom estar agarrado ao que nos define, e isso a gente só vai descobrir se estiver em contato com nossos sentimentos mais primitivos. Não é preciso ir ao Alasca, mas manter-se fiel à nossa verdade já é meio caminho andado.

7 de maio de 2008

A garota da estrada

Basta entrar na estrada e ela vira uma pessoa diferente. Coloca a música que mais gosta, abre a janela do carro e pensa, com um sorriso indisfarçado: "Estou deixando para trás aquela outra". No porta-malas, uma sacola com as roupas que a outra não usa durante a semana – tênis, um jeans surrado, umas camisetas e um biquíni. Seu iPod. Sua câmera fotográfica. Um livro ou dois, porque é preciso terminar a leitura que aquela outra começou e nunca tem tempo para concluir. Palavras cruzadas, um vício que ela não conta para ninguém. Uma garrafa de champanhe, porque na pousada pode não ter. E ela está ao lado do amor da sua vida, coisa que a outra não consegue dar valor, já que é tão atarefada.

Ao passar por cada placa de sinalização, mais distante ela fica da sua cidade e mais perto de si mesma. Os assuntos durante o trajeto? Os mais bobos, os mais sérios, mas nada discutido com pressa e nem com necessidade de conclusão, a única regra é não deixar de se divertir. Não é todo dia que se sai de férias, mesmo que durem apenas 48 horas de um final de semana. Não são férias de julho nem férias de verão: férias da outra!

Pelo espelho retrovisor lateral, ela percebe que está sem batom. Ora, ele vai beijá-la de novo daqui a dez minutos, nem vale a pena retocar. Claro que ela levou o batom: está indo para um recanto secreto, mas não perdeu o juízo. Deixou na casa da outra as sombras, bases, esfoliantes, mas o batom e o secador, isso ela não consegue abandonar. Não tem mais 15 anos.

Também não tem mais 18, nem 20, nem 30. Mas quem é que consegue convencê-la de que não é mais uma garota? Aquela outra, a que ficou, bem que tenta. Abre a agenda e mostra todos os compromissos marcados. Avisa que a geladeira está vazia. Coloca sobre a mesa todas as contas para pagar. Abre o site do banco e analisa seu extrato. Traz à tona as encrencas da família, os problemas dos filhos. Marca hora no médico. E, cruel, se posiciona na frente de um espelho muito maior do que um retrovisor de carro e pergunta à queima-roupa: é uma garota que você está enxergando na sua frente? Uma tentativa de aniquilamento, mas felizmente malsucedida.

Ela lembra disso tudo enquanto está na estrada e pensa: a outra tem razão, alguém tem que trabalhar, pagar as contas, cumprir a agenda, dar ordens, receber ordens, ser responsável. Mas não todo dia, não toda a vida. Aquela lá, a que ficou, é uma mulher confiável, é uma mulher de olho no relógio e no calendário, uma mulher cumpridora do que esperam dela. Mas ela não pode estar no controle o tempo todo, ela tem que permitir que eu escape dessa organização de vez em quando, que eu busque a alegria sem hora marcada, o descomprometimento total, que eu fique à toa desde a hora de acordar até a hora de dormir, um dia inteiro, dois dias inteiros. Ela tem que aceitar e até mesmo incentivar que eu pegue essa estrada e a deixe de lado, que eu faça isso sem culpa, que eu faça isso por ela.

Eu, a garota dentro dela.

13 de julho de 2008

Atravessando a fronteira do oi

Anos atrás, quando eu malhava em academia, sempre cruzava com uma fotógrafa que eu conhecia de vista. Eu dizia oi, ela dizia oi. Depois parei de frequentar a academia e comecei a caminhar no parque. De vez em quando, ela caminha por ali também. Quando a gente se cruza, ela diz oi, eu respondo oi. Essa emocionante troca de ois constitui toda a nossa "relação".

No entanto, temos uma querida amiga em comum. Contei para essa amiga que eu estava indo para Londres. Tiraria uma semana de férias, sozinha. Essa minha amiga então me disse: "Você vai estar lá no mesmo período que a Eneida, a fotógrafa com quem você cruza de vez em quando. Quer o e-mail dela?".

Encurtando a história: escrevi para a Eneida, que já se encontrava em Londres. "Você vem para cá? Ótimo! Vamos jantar juntas? Combinado." Trocamos endereços, telefones e afeto. E isso tudo me fez pensar o seguinte: nós duas moramos na mesma cidade e possivelmente no mesmo bairro, dada a relativa frequência com que nos esbarramos. E, no entanto, nenhuma das duas jamais pensou em convidar a outra para jantar, por uma razão muito simples e compreensível: somos duas estranhas. Ela tem a vida dela, eu tenho a minha. Ela tem uma agenda apertada, eu tenho a minha. Ninguém convida para jantar alguém que só conhece de vista, a não ser que seja cantada, o que não é nosso caso.

O nosso caso é outro: somos um exemplo de como uma cidade estrangeira pode anular cerimônias e estranhamentos. Na cidade da gente, nos agarramos aos nossos hábitos e aos nossos vínculos. Estando fora, viramos uns desgarrados e naturalmente nos abrimos para conhecer novas culturas, novos costumes e novas pessoas, mesmo pessoas que já poderíamos ter conhecido há mais tempo – mas que não víamos necessidade. Viajando, ficamos mais propícios ao risco e à experimentação. O passaporte nos libera não só para a entrada em outro país, como também para a entrada em outro estilo de vida, muito mais solto do que quando estamos em casa, na nossa rotina repetitiva.

No momento em que você lê essa crônica, estou dentro do Eurotunnel, ou seja, no trem que percorre o Canal da Mancha. É, embaixo d'água. Saí de Londres e estou indo para Paris, de onde embarcarei de volta para o Brasil no próximo final de semana. A essa altura, já jantei com a Eneida. Já nos tornamos amigas de infância ou cada uma decidiu trocar de parque nas próximas caminhadas. O que importa é que atravessamos a barreira do oi, esse cumprimento protocolar que tão raramente progride para uma proximidade de fato. Eu teria uma dúzia de razões para explicar por que gosto tanto de viajar, mas por hoje fico apenas com esta: pela alegria de viver e pela falta de frescura.

3 de setembro de 2008

Um universo chamado aeroporto

Ainda não me decidi sobre o que sinto a respeito de aeroportos. Atualmente me provocam impaciência e cansaço, mas afora os momentos de stress causados por atrasos, eles também exercem sobre mim um certo fascínio. E eu não devo ser a única, caso contrário o escritor Alain de Botton não teria aceito a proposta de passar uma semana morando em Heathrow, principal aeroporto de Londres, para escrever um livro sobre o assunto.

O livro traz muitas fotos e alguns comentários sobre esse microcosmo que serve de cenário para despedidas, reencontros, esperas, angústias e êxtases. Não é leitura obrigatória, longe disso. Há uma certa encheção de linguiça, como todo livro encomendado, mas ele desperta em nós um olhar mais atento sobre o que se passa nos terminais aéreos.

Todo mundo tem uma história de aeroporto pra contar. Eu tenho algumas que até já transformei em crônicas, como da vez em que um cidadão quase sentou em cima do meu colo na sala de embarque, me revelando um poder que eu desconhecia possuir, o da invisibilidade. Ou da minha surpresa ao ver que alguns executivos costumam ter dificuldade de se separar de seus travesseiros, levando-os embaixo do braço quando partem para suas reuniões em São Paulo. Já vi um adolescente tentar abrir a porta da aeronave em pleno voo – eu sei que não há como ter sucesso na empreitada, mas não queira assistir a cena. Já passei pela desolação de ver todas as bagagens serem retiradas da esteira e a minha não chegar, me obrigando a ir para um hotel em Barcelona só com a roupa do corpo. E nunca esqueci de quando eu estava aguardando a chamada de um voo justamente em Heathrow, quando um cavalheiro vagamente familiar sentou ao meu lado. Harrison Ford, apenas. Por que não foi ele que tentou sentar no meu colo é algo que a justiça divina ainda tem que me explicar.

Bom, esses casos estariam no meu livro sobre aeroportos, caso eu tivesse escrito um. No de Alain de Botton, o que mais curti foi a parte em que ele fala sobre como nos sentimos ao ser revistados. Abrir a bagagem, descalçar os sapatos, tirar o cinto, passar pelo detector de metais, tudo isso gera em nós uma inexplicável sensação de culpa, por mais inocentes que sejamos. Comigo, ao menos, se confirma. Se a averiguação é lenta, começo a suar frio e fico aguardando o momento em que encontrarão armas ou drogas nos meus pertences, e quando o meu passaporte é aberto na folha onde está minha foto, adoto minha melhor cara de terrorista e torço para que o policial não perceba que o documento é falso. Porém, desprezando toda minha ansiedade, ele carimba e me deixa passar, sem reparar que aquela da foto não parece comigo. No fundo, o fascínio talvez seja este: quando viajamos, nunca parecemos muito conosco. Aeroportos nada mais são que embaixadas do nosso estrangeirismo latente.

7 de novembro de 2010

A capacidade de se encantar

Muita gente diz que adora viajar, mas depois que volta só recorda das coisas que deram errado. Sendo viajar um convite ao imprevisto, lógico que algumas coisas darão errado, faz parte do pacote. Desde coisas ingratas, como a perda de uma conexão ou ter a mala extraviada, até xaropices menos relevantes, como ficar na última fila da plateia do musical ou um garçom mal-humorado não entender o seu pedido. Ainda assim, abra bem os olhos e veja onde você está: em Capri, em Honolulu, em Mykonos. Poderia ser pior, não poderia?

    Outro dia uma amiga que já deu a volta ao mundo uma dezena de vezes comentou que lamentava ver alguns viajantes tão blasés diante de situações que costumam maravilhar a todos. São os que fazem um safári na Namíbia e estão mais preocupados com os mosquitos do que em admirar a paisagem, ou que estão à beira do mar numa praia da Tailândia e não se conformam de ter esquecido no hotel a nécessaire com os medicamentos, ou que não saboreiam um prato espetacular porque estão ocupados calculando quanto terão que deixar de gorjeta.

    Não saboreiam nada, aliás. Estão diante das geleiras da Patagônia e não refletem sobre a imponência da natureza, estão sentados num café em Milão e não percebem a elegância dos transeuntes, entram numa gôndola em Veneza e passam o trajeto brigando contra a máquina fotográfica que emperrou, visitam Ouro Preto e não se emocionam com o tesouro da arquitetura barroca – mas se queixam das ladeiras, claro.

    Vão à Provence e torcem o nariz para o cheiro dos queijos, olham para o céu estrelado do Atacama sofrendo com o excesso de silêncio, chegam em Trancoso e reclamam de não ter onde usar salto alto, viajam para a Índia sem informação alguma e aí estranham o gosto esquisito daquele hambúrguer: ué, não é carne de vaca, bem? Aliás, viajar sem estar minimamente informado sobre o destino escolhido é bem parecido com não ir.

    Estão assistindo a um show de música no Central Park, mas não tiram o olho do iPad. Vão ao Rio, mas têm medo de ir à Lapa. Estão em Buenos Aires, mas nem pensar em prestigiar o tango – "programa de velho!". São os que olham tudo de cima, julgando, depreciando, como se o fato de se entregar ao local visitado fosse uma espécie de servilismo – típico daqueles que têm vergonha de serem turistas.

    É muito bacana passar um longo tempo numa cidade estrangeira e adquirir hábitos comuns aos nativos para se sentir mais próximo da cultura local, mas quem pode fazer essas imersões com frequência? Na maior parte das vezes, somos turistas mesmo: estamos com um pé lá e outro cá. Então, estando lá, que nos rendamos ao inesperado, ao sublime, ao belo. De nada adianta levar o corpo para passear se a alma não sai de casa.

22 de abril de 2012

O poder terapêutico da estrada

"Viajar é um ato de desaparecimento", escreveu certa vez o americano Paul Theroux, um dos escritores mais bem-sucedidos na arte de narrar suas andanças pelo mundo. É uma frase ambígua, pois parece verdadeira apenas do ponto de vista de quem fica. O viajante realmente desaparece para nós – aliás, desaparecia, pois nesses tempos altamente tecnológicos ninguém mais consegue manter-se inalcançável, estamos todos a distância de uma teclada, não faz diferença se em Abu Dhabi ou em Mogi das Cruzes.

Já para aquele que parte, viajar não é um ato de desaparecimento. Ao contrário, é quando ele finalmente aparece para si mesmo.

Somos seres enraizados. Moramos a vida inteira na mesma cidade, mantendo um endereço fixo. Nossa movimentação é restrita: da casa para o trabalho, do trabalho para o bar, do bar para a casa, com pequenas variações de itinerário. Essa rotina vai se firmando gradualmente e um belo dia nos damos conta de que estamos vendo sempre as mesmas pessoas e conversando sobre os mesmos assuntos. Não há grande aventura ou descoberta no nosso deslocamento sistemático dentro desse microcosmo.

Isso, sim, soa como um desaparecimento. Onde foram parar as outras partes de nós que compõem o todo?

Viajar é sair em busca dos nossos pedaços para integralizar o que costuma ficar incompleto no dia a dia.

Assisti com entusiasmo a *Na Estrada*, adaptação do livro de Jack Kerouac, superbem filmado por Walter Salles, e também a *Aqui é o meu lugar*, em que Sean Penn, magistral, pra variar, interpreta um roqueiro decadente que sai pela estrada para acertar as contas com o passado do pai e encontra adivinhe quem? Ele mesmo, ora quem. É sempre assim. Há em nós uma persona oculta que só se revela quando a gente se põe em movimento.

Road movies me encantam porque dão protagonismo a tudo que alimenta nossa fantasia: a liberdade, a música, a poesia, a natureza e o tempo estendido, sem o aprisionamento dos relógios e dos calendários – viajar é uma jornada simultânea de ida e volta, nosso passado e nosso futuro marcando um encontro no asfalto. Ou sou eu que fico meio chapada só de falar nisso.

Na Estrada, mesmo que em certos pontos convide para um cochilo, tem momentos arrebatadores, como a dança sensual de Kristen Stewart com Garrett Hedlund, o boogie woogie de Slim Gaillard num contagiante número de jazz, e um final que emociona, se não a todos, certamente aos que reverenciam a literatura. Já o filme com Sean Penn é uma viagem fragmentada para longe do lugar comum – nada é óbvio, nada é linear, nada é o que se espera. E não bastasse ter Frances McDormand no elenco e a trilha sonora de David Byrne, ainda conta com a participação significativa, tipo cereja do bolo, do ator Harry Dean Stanton, que nos remete ao emblemático *Paris, Texas*, uma forma de lembrar que todas as estradas se cruzam em algum ponto.

    Que seus pais não me ouçam, mas se você está entre iniciar uma terapia ou se largar no mundo, comece experimentando a segunda opção. Ambas levam para o mesmo lugar, mas num consultório não tem vento no rosto nem céu estrelado. Se não funcionar, aí sim, divã.

8 de agosto de 2012

Nós

Poucas pessoas gostam de viajar sozinhas. O que é compreensível: a melhor modalidade é a dois, também acho. Mas na ausência momentânea de parceria, por que desconsiderar uma lua de mel consigo mesmo? Uma amiga psicanalista me disse que não é por medo que as pessoas não viajam sozinhas, e sim por vergonha. Faz sentido: numa sociedade que condena a solidão como se fosse uma doença, é natural que as pessoas se sintam desconfortáveis ao circularem desacompanhadas, dando a impressão de serem portadoras de algum vírus contagioso. Pena. Tão preocupadas com sua autoimagem, perdem de se conhecer mais profundamente e de se divertir com elas próprias.

Vivi recentemente essa experiência. Tirei dez dias de férias, e não diga que não reparou ou morrerei de desgosto. Estive em lugares que já conhecia para não me sentir obrigada a conferir as atrações turísticas – o "aproveitar" não precisa necessariamente ser dinâmico, podemos aproveitar o sossego também. Minha intenção era apenas flanar, ler, rever amigos que moram longe e observar a vida acontecendo ao redor, sem pressa, sem mapas, sem guias. Dormir até mais tarde e almoçar na hora em que batesse a fome, se batesse. Estar disponível para conversar com estranhos, perceber o entorno de forma mais aguçada, circular de bicicleta por cidades estrangeiras. Ave, bicicleta!

Diante do incremento de turistas no mundo, não raro impossibilitando a contemplação de certos pontos, alugar uma bike às 7h30 da manhã foi a solução para curtir ruas vazias e silenciosas.

Solitários somos todos, faz parte da nossa essência. Não é um defeito de fabricação ou prova de nossa inadequação ao mundo, ao contrário: muitas vezes, a solidão confirma nossa dignidade quando não se está a fim de negociar nossos desejos em troca de companhia temporária. E a propósito: quem disse que, sozinho, não se está igualmente comprometido?

Numa praça em Roma, um casal de brasileiros se aproximou. Começamos a conversar. Lá pelas tantas perguntei de onde eles eram. "De São Paulo, e você?". Respondi: "Nós, de Porto Alegre". Nós!! Quanta risada rendeu esse ato falho. Eu e eu. Dupla imbatível, amor eterno, afinidade total.

Se você não se atura, melhor não viajar em sua própria companhia. Mas se está tudo bem entre "vocês", saiam por aí e descubram como é bom sentar num café num dia de sol, pedir algo para beber enquanto lê um bom livro, subir até terraços para apreciar vistas deslumbrantes, entrar em lojas e ficar lá dentro o tempo que desejar, entrar num museu e sair dali quando bem entender, caminhar sem trajeto definido nem hora para voltar, pedalar ao longo de um rio ouvindo suas músicas preferidas no iPod, em conexão com seus pensamentos e sentimentos, nada mais.

Vergonha? Senti poucas vezes na vida, quando não me reconheci dentro da própria pele. Mas estando em mim, sob qualquer circunstância, jamais estarei só.

30 de setembro de 2012

Os solares

Quando pequena, sentia um orgulho bobo de ser de Leão, só porque o planeta regente desse signo era o Sol. Afora esse detalhe, não sabia nada sobre astrologia, mas agora passei a levar o assunto mais a sério e reconheci de vez o dinamismo relacionado ao astro rei.

Sou mais verão do que inverno, mais mar do que campo, mais diurna do que noturna. Intensamente solar, e isso é, antes de tudo, uma sorte, pois sem essa energia vital eu provavelmente teria tido um destino mais sombrio. Ainda assim, conheço outros "solares" que são de Touro, Libra, Gêmeos e demais signos – é uma característica que, mesmo quem não a herdou do cosmos, pode e deve desenvolver. Gente é pra brilhar, já dizia outro leonino.

Não vou continuar me referindo aos astros, pois não é minha praia. Minha praia é Torres, Ipanema, Maresias, Mole, Sancho, Porto de Galinhas, Espelho, Ferradurinha, Quatro Ilhas e demais paraísos distribuídos por esse Brasil cuja orla é um exagero de radiante. Quando penso que minha cidade preferida fora do país é Londres, fico até ressabiada com este meu perfil camaleônico, capaz de me fazer sentir em casa num lugar onde o sol não é visita constante. Mas é preciso passear por todos os pontos antagônicos da nossa personalidade – ninguém é uma coisa só. Também tenho meu lado cachecol e botas, mas se fosse obrigada a escolher apenas uma de mim, nunca mais descalçaria o chinelo de dedos.

Não vejo o solar como alguém espalhafatoso. Pode ser discreto no agir, mas ele tem uma luz íntima que cintila, que se manifesta nos seus impulsos criativos, nas suas ideias que magnetizam. Ele não precisa de extravagâncias para atrair. É uma pessoa que naturalmente se dilata, que abre espaço para o novo, que circula por várias tribos, que faz do seu prazer de estar vivo uma natural ferramenta de sedução.

O solar tem seus momentos de introspecção, normal. Não há quem não precise de um recolhimento para recarregar baterias, fazer balanços, conectar-se consigo próprio. Mas ele volta, sempre volta, e vem ainda mais expressivo em sua vibração espontânea.

Há pessoas que possuem uma nuvem preta pairando sobre a cabeça. São criaturas carregadas, pesadas – a gente percebe só de olhar. Uma tempestade está sempre prestes a desabar sobre elas. Respeito-as, ninguém é assim porque quer, mas considero uma bobeira defender o azedume como traço de inteligência. Os pessimistas se acham mais profundos que os alegres. Não são.

"She's only happy in the sun", canta Ben Harper, e faço de conta que ele se inspirou em mim, mesmo sem eu saber quem é "she" – pode ser a iguana do cara, vá saber.

Sol combina com erotismo, com bom humor, com leveza, com sorriso luminoso, com água cristalina, com calor, música, cores, vida. Quando ele se põe, me ponho junto, e nem assim apago: no escuro, me dedico aos vaga-lumes.

2 de dezembro de 2012

lepmeditores
www.lpm.com.br
o site que conta tudo

IMPRESSÃO:

PALLOTTI
GRÁFICA

Santa Maria - RS | Fone: (55) 3220.4500
www.graficapallotti.com.br